叶圣陶
——
著

彩插典藏版

稻草人

THE
SCARECROW

湖南文艺出版社
HUNAN LITERATURE AND ART PUBLISHING HOUSE

博集天卷
CS·BOOKY

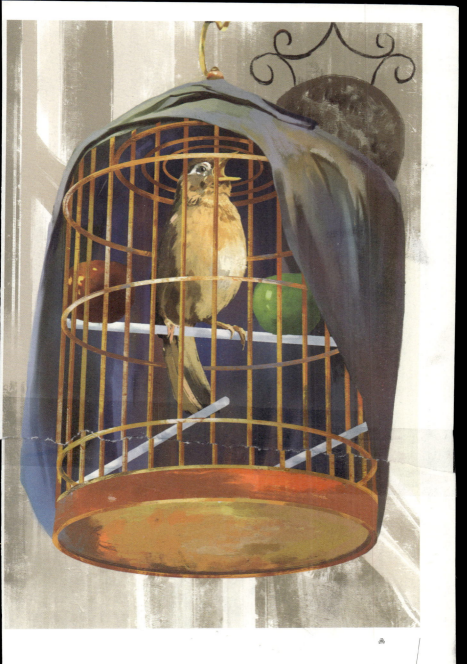

画眉

稻
草
人

含
羞
草

一粒种子

快
乐
的
人

聪明的野牛

古代英雄的石像

书
的
夜
话

最有意义的生活

小
白
船

梧
桐
子

旅行家

火车头的经历

　　叶圣陶是中国 20 世纪杰出的作家和教育家，他从 1921 年 11 月开始创作第一篇童话《小白船》，到 1936 年 2 月创作《火车头的经历》，共创作了童话四十余篇。他从孩子的视角出发，创作出大量优质的童话作品，一改当代儿童阅读素材匮乏的现状，被称为中国现代童话的奠基人。

　　生活在现代的孩子可能很难想象，在五四时期以前，专为少年儿童创作的读物少之又少。正是因为叶圣陶有多年从教的经验，所以他深刻地发现儿童读物在教育中的重要作用，也发现当代儿童阅读的内容，除了劝善教孝、赏善罚恶之外，阅读素材十分匮乏。机缘巧合之下，受到《儿童世界》的创办人郑振铎的邀请，叶圣陶开始专为少年儿童而创作童话。

　　为什么这么多年过去了，叶圣陶的童话作品依然有这么大的魅力呢？

　　首先，因为叶圣陶始终抱着一颗诚挚的心为儿童创作。作家朱自清曾经这样评价他："像小孩子的天真，也像小孩子似的离不开家里人。"他喜欢孩子，也理解孩子的想法，更知道孩子需要什么。他做过很多年小学教师，和孩子一样，讨厌"只读圣贤书"的观点。他讲述故事，包含着真正的童心和童趣。你会发现，在他的笔下，鱼儿会说话，植物有生命，一小粒种子也能有一连串的奇遇。读到这样想象力丰富、幽默有趣、情节曲折的故事，又有哪个孩子会拒绝呢？

他的作品里有民间故事和安徒生童话的影子，也有中国儿童熟悉的人和物。他塑造的儿童形象，多是纯真、质朴、向往美和善的男孩儿和女孩儿，这正是叶圣陶心中期待的新时代孩童的模样。他的语言也是孩子喜欢的、熟悉的，词句优美、洗练、质朴却有诗意。因此，他的故事多被收入语文教材，当作语文学习的典范。

其次，叶圣陶创作的童话并非毫无因果地幻想，也不是天马行空地虚构，他深深扎根于现实生活，描绘人在生活中的善与恶。他从经典的《安徒生童话》和王尔德的童话作品中汲取营养，融合中国传统文学中的浪漫情怀，从现实生活中取材，创作了许多启迪心灵、关注现实的童话故事。

《稻草人》是他最有名气的作品之一，被认为是叶圣陶童话的代表作。《皇帝的新装》虽然是安徒生同名童话的续写，但是故事风格更加犀利，具有很强的批判精神。

在《牧羊儿》《慈儿》《花园外》这些篇目中，通过小主人公的眼睛，我们看见了生活在水深火热中的儿童，经历痛苦与不幸的穷苦百姓，麻木不仁的富家子弟……

叶圣陶的创作，从一开始就秉承着"为人生"的创作理念，对于为儿童创作的作品，也是如此。他希望孩子们读了这些故事，在"润物细无声"中，引发对生命、对社会的思考。

在叶圣陶的笔下，那些毫不起眼儿的小动物们，拥有人类世界消失已久的优良品质，动物比人类更加友爱、平等、勤劳、勇敢。相比较之下，衣冠楚楚的人类反而好吃懒做，执着于追名逐利、附庸风雅。仔细玩味，不禁令人哑然失笑，又扼腕叹息。

在天马行空的想象力中，叶圣陶怀着对小读者们的启智和美育的信念，用儿童的视角观察世界，歌颂世间的善良、真挚、无私，对富有同情心的人给予极大的赞颂。

叶圣陶在 1956 年给《叶圣陶童话选》作后记的时候曾经写道："阅读这些童话可以认识一些过去时代的生活，而认识过去时代的生活，是跟更深切地认识当前的生活有关联的。"

当我们阅读这些童话的时候，不仅可以看到今天所不能见的，旧中国独有的历史事件和社会现实，还可以结合今天的现实，感受真正的"美"和"善"。也许在不经意间，就会增加一些理性和哲学的思考。

就像叶圣陶曾经说过的那样——儿童的"爱、生趣和愉快"是"世界的精魂"。时至今日，当我们再次捧读叶圣陶的童话故事，依然能够感受到他为儿童创作的拳拳之心。

　　叶圣陶（1894 年 10 月 28 日—1988 年 2 月 16 日），原名叶绍钧，字秉臣、圣陶。他是我国 20 世纪卓越的教育家、文学家、出版家和社会活动家，集多项成就于一身。他是文学研究会的创立人之一，有"优秀的语言艺术家"之称。他的主要作品有童话集《稻草人》、短篇小说《潘先生在难中》、长篇小说《倪焕之》等。他和鲁迅、茅盾、冰心、郭沫若等新文学巨匠们，同属于一个时代，开拓了用白话文写字作文的先河，创作出大量的小说、童话、散文、诗歌和戏剧，在中国现代文学史上具有重要的地位。

　　1894 年，叶圣陶出生于江苏苏州悬桥巷一个平凡的家庭。他的父亲叶仁伯是一位账房先生，为人忠厚笃实。母亲朱氏虽然是家庭妇女，但是和蔼可亲、持家有方。叶圣陶六岁时进入私塾读书，系统地接受传统文化与古典文学的学习。课余时间，叶圣陶喜欢去茶馆听"说书"、听昆曲，和伙伴们去苏州园林里嬉戏游玩。

　　1906 年，他转入新式学堂——长元吴公立小学。这所新式学堂的教师大多从日本留学回国，开设了修身、体操、博物、唱歌等形式新颖的课程。创新的教育形式，给从私塾走出来的叶圣陶留下了深刻的印象。

不过，新式小学只读了一年，他就以优异的成绩考入刚刚创办的"洋学堂"——草桥中学。中学时期，叶圣陶开始表现出多方面的文学艺术才能，作诗、刻图章、写篆字、编辑文学期刊、排练戏剧，生活十分丰富。他还经常与同学一起谈国外的新鲜事物，谈国家与民族的前途、个人的理想与抱负。

1911年，叶圣陶从草桥中学毕业后，由于家境贫寒，他不能像友人顾颉刚、俞平伯一样继续深造，便先后在几所小学任教，同时开始在《礼拜六》《小说偶海》《小说丛报》《妇女杂志》上发表文言文小说。

1917年，叶圣陶应好友邀请，来到苏州甪直镇高等小学任教。在这个江南水乡任教的五年，是叶圣陶文学创作生活和教育生涯中最重要的五年。他在这里实行了整套新式教育方案——办农场、造戏台、自编课本、开展览会、办阅书室。他还为学生们选编了国文教材，比如都德的《最后一课》，就是他在这时首先选入课本的，至今仍存在于我们的语文教科书中。也是在这个时期，叶圣陶写出了自己的第一篇白话小说《多收了三五斗》，深刻地表现了农村破产的社会问题。

五四运动之后，西方的新思潮大量涌入，"新文学运动"推动了白话文的普及，叶圣陶在白话文小说的创作上不断地进行试验与改进。1921年，作为文学研究会的主要成员，秉承着"为人生"的宗旨，他发表了大量的小说、诗歌和文艺谈，收入文集《隔膜》和《火灾》。因为常年从事教育工作，他注意到儿童读物的匮乏，加上受到安徒生、王尔德等译介童话的影响，叶圣陶开始尝试为儿童创作童话。《小白船》《燕子》《芳儿的梦》《梧桐子》等都是在这个时期创作的。

1921年起，叶圣陶辗转上海、杭州、北京等地，在中学和大学担任国文教师。1923年起，他进入商务印书馆，后来又在上海开明书店任编辑，专业从事编辑出版工作。1945年后，他任开明书店总编辑，他出版了大量图书杂志，其中不少是学校教材。他编辑的《小说月报》《中学生》等杂志受到中小学生的喜爱。此外他还发现、培养和举荐过巴金、丁玲、戴望舒等多位作家。

叶圣陶一生执教70年，他在创作中始终蕴含着教育家的情怀与眼光，折射着对现实社会的洞察与反思。他的作品《稻草人》《古代英雄的石像》《一个少年的笔记》等已经成为永恒的经典。这些作品反映了当时的现实生活，寓意深刻，富有教育意义。他的语言质朴而生动，许多作品选入小学课本，成为语文学习的典范。

他为学生编撰教材《开明国语课本》，不仅弥补了教学上的缺陷与不足，更受到了广大学生和教师的喜爱。他与教育家夏丏尊合著《文心》《国文八百课》等语文课程资源，开创了用小说普及语文知识的教育方法。他提出了"知行合一"的教育理念，还撰写、出版了大量的教育、教学论著，在中国现代文学与中国现代语文教育之间架起一座桥梁。

1946 年，他回到上海后，担任了中华全国文艺界协会总务部主任，上海市小学教师联合进修会和中学教育研究会顾问。

1949 年，他到达北平，曾先后任中央人民政府出版总署副署长、教育部副部长兼人民教育出版社社长等职。1988 年 2 月 16 日，叶圣陶于北京逝世，享年 94 岁。

　　叶圣陶是中国现代童话创作的拓荒者，他的《稻草人》被鲁迅誉为"给中国的童话开了一条自己创作的路"。本书收录了叶圣陶所写的 31 篇童话，其中包含最经典隽永的作品《稻草人》《古代英雄的石像》《小白船》《皇帝的新衣》等。这些童话想象力丰富，闪烁着童心与爱，是叶圣陶一生心系儿童成长的存世之作。作品深刻地揭露了当时社会的黑暗和尖锐的矛盾，在言语中传达着对人生、对社会的思考与批判。

　　本书将选编的童话根据主题的不同，划分为三个部分，分别取名"人世间""各有志""邂逅爱"。考虑到现代的阅读和写作习惯，在保持原貌的基础上，收入本书的作品对个别字句做了订正。

　　"人世间"收录了若干篇讲述人民苦难、反映社会现实的故事，如《稻草人》《皇帝的新衣》《花园外》等。作者用冷静、细致的笔触，展现了特定社会背景下人的悲剧。他把对现实社会的批判注入故事情节，因此赋予了作品独特的韵味，创造了很多令人印象深刻的形象。比如具有悲悯之心的稻草人、不穿衣服的皇帝、善良的慈儿等。《稻草人》是叶圣陶童话的代表作，故事讲述了一个普通却善良的稻草人，他尽职尽责地为农妇看守稻田。他目睹了一个又一个人间惨剧，但是他不能说话，不能动，不能提供任何帮助。最终，他痛心地昏倒在地上，再也起不来了。这则童话通过一个富有同情心却无能为力的稻草人的所见所闻，展现了 20 世纪 20 年代农民破产的悲惨境遇，非常具有现实主义特色。

"各有志"收录了《傻子》《祥哥的胡琴》《跛乞丐》《聪明的野牛》等多篇启迪人心的寓言故事。这些故事形式灵活，情节富有趣味，充满哲学的思辨，蕴含着对人生和儿童教育的思考。这些作品的产生既受到外国思潮的影响，也受到五四时期新思潮的启蒙。这个时期，很多作家开始思考——儿童作为人，应该怎样实现个人的独立，以及儿童应该接受怎样的教育。显然，一直在教学一线工作的叶圣陶在故事中给出了自己的答案。《傻子》中，傻子总为了别人牺牲自己的利益，实际上，他心地善良，同情弱者，拾金不昧，毫无私心。《跛乞丐》中，穿着破烂的跛乞丐有着金子般的善心，是一个宁愿牺牲自己，也要驱赶黑暗，为他人带来希望的人。《书的夜话》《快乐的人》《熊夫人幼稚园》《最有意义的生活》分别表现了作者对于读书、快乐、教育和人生价值的思考。

"邂逅爱"收录了《小白船》《芳儿的梦》《梧桐子》《燕子》等多篇纯真而梦幻的童话故事，这些童话用散文诗一般的语言，塑造了许多善良、真挚的主人公，重现了儿童的天真与纯洁。他们的经历也如梦似幻，处处展现着作者"爱与美"的理想，正如郑振铎评价的那样——叶圣陶在这些作品中"梦想着一个美丽的童话人生，一个儿童的天真的国度"。《小白船》是叶圣陶创作初期的作品，故事讲述了男孩儿和女孩儿乘坐小白船泛舟溪上的历险。这篇童话用洗练的白话文，塑造了诗意的梦境，仿佛带领读者进入了远离人间的"桃花源"。童话中充满"爱"和"美"的理想世界，和水深火热的现实社会形成了巨大的反差。

叶圣陶始终抱着一颗真挚的童心，怀着对教育的美好愿景，为儿童而创作。他用洗练而富有韵味的语言，塑造出一个又一个鲜活的人物形象，为我们编织了一个又一个引人深思的故事。这就是叶圣陶童话的魅力，也是他的作品经受住时代的考验、经久不衰的原因。

稻草人

彩插典藏版

目录

人世间

稻草人

彩插典藏版

鲤鱼的遇险

　　清澈见底的小河是鲤鱼们的家。白天，金粉似的太阳光洒在河面上，又细又软的波纹好像一层薄薄的轻纱。在这层轻纱下面，鲤鱼们过着十分安逸的日子。夜晚，湛蓝的天空笼罩着河面，小河里的一切都睡着了。鲤鱼们也睡着了，连梦儿也十分甜蜜，有银盘似的月亮和宝石似的星星在天空里守着它们。

　　鲤鱼们从来没遇到过可怕的事儿，它们不懂得害怕，不懂得防备，不懂得逃避。它们慢慢地游来游去，非常轻松，非常快活。有时候大家争夺一片浮萍，都划动鳍，甩动尾巴往上蹿，抢在头里那一条衔住浮萍，掉头往河底一钻；别的鲤鱼都头碰在一起，"泼剌"一声，河面上掀起一朵浪花。一会儿，声音息了，浪花散了，河面又恢复了平静。鲤鱼们过的就是这样平静的生活。如果你站在岸上，一定不会觉察它们，就跟河里没有它们一个样。

　　鲤鱼的好朋友是雪白的天鹅和五彩的鸳鸯。它们都能游水，像小船一样浮在河面上。每年秋天，它们从北方飞来，来到小河里探望鲤鱼们，并把它们的有趣旅行讲给鲤鱼们听。鲤鱼们把它们新学会的舞蹈表演给天鹅和鸳鸯看。它们高兴极了，每天的生活都是新鲜的，都有非常浓的趣味。因此，鲤鱼们都抱着一种信念：凡是太阳、月亮和星星照到的地方，都跟它们的小河一样平静，都有要好的朋友，都有新鲜的生活，都充满着非常浓的趣味。

　　大鲤鱼把它的信念告诉小鲤鱼，鲤鱼哥哥这样告诉鲤鱼弟弟，鲤鱼姐姐也这样告诉鲤鱼妹妹。大家都说："这话不错，咱们这条河的确如此。咱们这条河有太阳、月亮、星星照着，因而可以相信，凡是太阳、月亮、星星照到的地方，都跟咱们这条河一个样。世界多么快活呀！咱们真幸福，生活在这样快活的世界上。"这几句话差不多成了鲤鱼赞美世界的歌儿了。每当太阳快落下去、微风轻轻吹过、河面上好像天国一般的时候，每当月亮才升起来、星星照耀、朦胧的夜色好像仙境一般的时候，鲤鱼们就唱起这首赞美的歌儿来，庆祝它们的幸福生活。

　　这一天跟平常没有什么两样，河面上来了一条小船。鲤鱼们一点儿不奇怪，常常有孩子们的游船在这里经过。那些男孩子女孩子看见了鲤鱼们，总要把美丽的小脸靠在船舷上，挥着小手招呼它们，带着笑说："鲤鱼们，快来快来，给你们馒头吃，给你们饼干吃。好吃的东西多着呢，鲤鱼们，快来快来！"鲤鱼们就游到水面上来，和男孩子女孩子一同玩儿。

鲤鱼们看到小船，以为孩子们又来了，照旧快快活活地游到水面上来。可是这一回，小船上没有男孩子，也没有女孩子；摇橹的是一个从来没见过的人，船舷上歇着十几头黑色的鸬鹚（cí），正仰起脑袋望天呢。鲤鱼们想，鸬鹚虽然不是老朋友，可是鸬鹚的同类——鸳鸯和天鹅都是我们最要好的朋友，我们跟鸬鹚一定也可以成为朋友的；朋友们第一次经过这里，理当好好款待。

鲤鱼们这样想着，就用欢迎的口气说："不相识的朋友们，你们难得到这里来，歇一会儿再走吧。我们跟天鹅和鸳鸯都是老朋友，我们相信，你们不久也会成为我们的老朋友的。未来的老朋友，请到水面上来谈谈心吧，不要老歇在船舷上。"鲤鱼们的邀请是非常恳切的，它们都仰着脸，等候客人们下水。

船舷上的鸬鹚们不再看天了。它们听见了鲤鱼们的邀请，向河里看了看，都扑着翅膀，"扑通……扑通……"跳下水来。看见鲤鱼们，它们就一口衔住，跳上船去，吐在一只木桶里。十几只鸬鹚一忽儿上一忽儿下，小河上起了一阵从未有过的骚扰。鲤鱼们才感到害怕，才没命地逃，才钻进河底的烂泥里。那些突然变脸的陌生客人，把

它们吓得浑身发抖。

不一会儿，小船摇走了，水声跟着水花一同消失了。吓坏了的鲤鱼们才悄悄地从烂泥里游出来。小河恢复了往日的平静，但是恐惧和忧虑充满了鲤鱼们的心。看着许多同伴被那些突然变脸的陌生客人给劫走了，大家忍不住流泪了。陌生客人还会再来，还会把同伴劫走，谁都处在危险之中，而且时刻处在危险之中。谁能想得到这些天鹅和鸳鸯的同类竟是强盗。世界上竟有这样教人没法预料的事儿！鲤鱼们于是产生了一种新的信念：它们的小河现在变了，变得像地狱一样可怕。凡是太阳、月亮和星星照到的地方，看起来虽然又平静又美丽，实际上都跟它们住的小河一个样，都是可怕的地狱。

大鲤鱼把这个新的信念告诉小鲤鱼，鲤鱼哥哥这样告诉鲤鱼弟弟，鲤鱼姐姐也这样告诉鲤鱼妹妹。大家都说："这话不错，咱们这条河现在变了。不然，咱们这样恳切地欢迎客人，怎么客人反倒把咱们的同伴劫走了呢！咱们这条河也变了，说不定别的地方早就变了，整个世界早就变了。咱们造了什么孽，碰上了这个可怕的时代！"这几句话差不多成了鲤鱼们追念过去美好生活的挽歌。

木桶里的鲤鱼们怎么样了呢？木桶里只有薄薄的一片水，鲤鱼们只能半边身子沾着水。它们被鸬鹚一口衔住就吓掉了魂，还不知道被扔进了木桶里。后来有几条醒过来了，觉得朝上的半边身子干得难受。它们只好用一只眼睛朝天看，可看到的世界全变了样。它们划动鳍、甩动尾巴，可是丝毫没有用，半边身子老贴着桶底。它们不知道今天怎么会弄成这个样子，也不知道如今到了什么地方。它们能看到的只是木板的墙，还有跟自己一样躺着没法动弹的同伴。它们互相问："你知道吗，咱们如今在什么地方？"

大家的回答全一样："我也不明白。我只看到木板的墙，只看到跟你一样动不了身子的同伴。"

"这真是个奇怪地方，"一条鲤鱼叹了口气说，"周围都是墙，又不给咱们足够的水。咱们连动一动身子也办不到，恐怕连性命都要保不住了。咱们再也回不了家了，见不着咱们的同伴了。"

一条小鲤鱼闭了闭眼睛，它那只朝着天的眼睛又干又涩。它说："我还想不清楚，咱们怎么会到这个奇怪的地方来的！咱们不是在做梦吧？"

一条细长的鲤鱼用尾巴拍了拍桶底，用干渴得发沙的声音说："我想起来了，你们难道都不记得了吗？咱们的小河上来了一条小船，船舷上歇着许多穿黑衣服的客人，跟天鹅和鸳鸯一样也长着翅膀。咱们不是还欢迎它们来着？然后，它们就跳到水里来了。我分明记得一位客人看准我就是一口，后来怎么样，我就不清楚了。我想，一定是那些穿黑衣服的客人把咱们请到这儿来的。"

那条小鲤鱼接嘴说："这样说来，咱们一定在做梦。天下哪会有这样的事儿？咱们欢迎客人，客人却把咱们送到这样的鬼地方来了。"

另外一条鲤鱼悲哀地说："不管做梦不做梦，咱们现在都干得难受。要挪动一下身子吧，鳍和尾巴都不管用。咱们总得想个办法，来解除咱们的痛苦。"

鲤鱼们于是想起办法来。有的说："只要打破这木板墙就成了！"有的说："只要从河里打点儿水来就成了！"有的说："咱们还是忍耐一下吧，痛苦也许就会过去。"办法提出了三个，可是三个办法都立刻让同伴们驳倒了。"身子都动弹不了，能打得破木板墙吗？""打点儿水来固然好，可是谁去打呢？""忍耐可不是办法。没有水，躺在这儿只有等死！"

大家再也想不出别的办法，只有躺着叹气，连划动鳍甩动尾巴的力气也没有了。贴着桶底的那只眼睛只看见一片黑暗，朝天的那只眼睛只能看到可恶的木板墙和可怜的命运相同的同伴。它们又谈论起来：

"客人来到咱们家，咱们没有一次不是这样欢迎的。谁想得到这一回上了大当！"

"这不能怪咱们。那些穿黑衣服的强盗不是也长着翅膀吗？咱们以为它们跟天鹅和鸳鸯一样和善，一样会接受咱们的好意呢。谁知道它们竟这样坏！"

"把咱们留在这里，它们有什么好处呢？大家客客气气，亲亲热热，岂不好吗？"

"世界上会有这样的事，真是世界的耻辱！咱们先前赞美世界，说世界上充满了快乐。现在咱们懂得了，世界实在包含着悲哀和痛苦。咱们应当诅咒这个世界。"

"应当诅咒！不要说咱们只是小小的鲤鱼，不要说咱们的喉咙已经干得发沙了。咱们的声音一定能激励所有的狂风，把世界上的悲哀和痛苦一齐吹散。"

"对，对，咱们还有力气诅咒，咱们就诅咒吧！诅咒这木板墙，挡着咱们不让咱们看见外边的木板墙！诅咒那些穿黑衣服的强盗吧，不领受咱们的好意而欺骗咱们的强盗！咱们更要诅咒这个世界，诅咒这个有木板墙和穿黑衣服强盗的世界！"

它们一齐诅咒。诅咒的声音中含着叹息，含着极深的痛苦和悲哀。

不知过了多少时间，很奇怪，鲤鱼们的身上反而觉得潮润了点儿。难道那些强盗悔悟了，觉得自己做错了事，特地打来了水来救助它们了？难道木板墙破了，外边的水渗进来了？大家正在议论纷纷，一条聪明的小鲤鱼看出来了。它说："强盗怎么会来救助咱们呢？木板墙自己怎么会破呢？咱们还没干死，是咱们自己救了自己。大家没觉察吗，沾湿咱们的就是咱们自己的泪水呀！泪水从咱们的心底里，曲曲折折地流到咱们的眼睛里，一滴一滴流出来，千滴万滴，积在自己躺着的这个地方，沾湿了咱们的身子，挽救了咱们快要干死的性命！"

听小鲤鱼这样说，大家都立刻分辨出来了，沾湿自己身子的确实是自己的泪水，心里都激动极了。它们想，在这个应当诅咒的世界里，居然能够靠自己的泪水来挽救自己，这就不能说在这个世界里已经没有快乐的幼芽。这样一想，大家心就软了，泪水像泉水一样从它们的眼睛里涌出来。

说也奇怪，鲤鱼们可以活动了，本来只好侧着身子躺着，现在可以竖起身子来游了。木桶里的水越来越多，那水是从鲤鱼们的心底里流出来的泪水。

鲤鱼们的泪水不停地流，流满了木桶；从木桶里溢出来，流在船舱里。不一会儿，船舱里的泪水也满了，木桶就浮了起来。小船稍稍一侧，木桶就氽①到了小河上。

鲤鱼们有了水，起劲地游起来，可是游来游去，总是让木板墙给挡住了。怎么办呢？有了水，还得不到自由吗？一条鲤鱼使劲一跳，跳出了木板墙；四面一看，又细又软的波纹好像一层薄薄的轻纱，不就是可爱的家了吗？它快活极了，高兴地喊："你们跳呀，跳出可恶的木板墙就是咱们的家！我已经到了家了！"

---

① 氽（tǔn）：方言，漂浮。

　　大家听到呼唤，用尽所有的力气跳出了木板墙。木桶空了，浮在河面上不知漂到哪儿去了。

　　留在家里的鲤鱼们都来迎接遇难的同伴们，流了许多激动的泪水。天鹅和鸳鸯恰好从北方飞来，好朋友相见，不免又流了许多激动的泪水。所以小河永远没有干涸的日子。

1922 年 1 月 14 日写毕

| 小感悟 |

　　"天助自助者。"成功者往往自助，而不是等待外援或者暗自垂泪。遇到困难，只想放弃或者依靠别人，只会让自己陷入更深的苦难。依靠自己的智慧，勇敢自救，才能看到希望的曙光，最终拥有挽救自己的"生命之水"。叶圣陶先生写这则寓言故事，正是向勇敢的自救者致敬！

画眉

　　一个黄金的鸟笼里，养着一只画眉。明亮的阳光照在笼栏上，放出耀眼的光辉，赛过国王的宫殿。盛水的罐儿是碧玉做的，把里边的清水照得像雨后的荷塘。鸟食罐儿是玛瑙做的，颜色跟栗子的一模一样。还有架在笼里的三根横棍，预备画眉站在上面的，是用象牙做的。盖在顶上的笼罩，预备晚上罩在笼子外边的，是用最细的丝织成的缎子做的。

　　那画眉，全身的羽毛油光光的，一根不缺，也没一根不顺溜。这是因为它吃得讲究，每天还要洗两回澡。它舒服极了，每逢吃饱了，洗干净了，就在笼子里跳来跳去。跳累了，就站在象牙的横棍上歇一会儿，或者这一根，或者那一根。这时候，它用嘴刷刷这根毛，刷刷那根毛，接着，抖一抖身子，拍一拍翅膀，很灵敏地四处看一看，就又跳来跳去了。

　　它叫的声音温柔、婉转、花样多，能让听的人听得出了神，像喝酒喝到半醉的样子。养它的是个阔公子哥儿，爱它简直爱得要命。它喝的水，哥儿要亲自到山泉那儿去取，并且要过滤。吃的栗子，哥儿要亲手拣，粒粒要肥、要圆，并且要用水洗过。哥儿为什么要这样费心呢？为什么要给画眉预备这样华丽的笼子呢？因为哥儿爱听画眉唱歌，只要画眉一叫，哥儿就快活得没法说。

　　说到画眉呢，它也知道哥儿待它好，最爱听它唱歌，它就接连不断地唱歌给哥儿听，哪怕唱累了，还是唱。它其实不明白，张开嘴叫几声有什么好听。它猜不透哥儿是什么心。可是它知道，哥儿确是最爱听它唱，那就为哥儿唱吧。哥儿又常跟同伴的姐妹兄弟们说："我的画眉好极了，唱得太好听了，你们来听听。"姐妹兄弟们来了，围着看，围着听，都很高兴，都说了很多赞美的话。画眉想："我实在觉不出来自己的叫声有什么好听，为什么他们也一样地爱听呢？"但是这些人是哥儿约来的，应酬不好，哥儿就要伤心，那就为哥儿唱吧。

　　日子一天天地过去，它的生活总是照常，样样都很好。它接连不断地唱，为哥儿，为哥儿的姐妹兄弟们。不过，它始终不明白自己唱的有什么意义和趣味。

　　画眉很纳闷，总想找个机会弄明白了。有一天，哥儿给它加食添水，完了忘记关笼门，就走开了。画眉走到笼门，往外望一望，一跳，就跳到外边，又一飞，就飞到屋顶上。它四处看看，新奇，美丽。深蓝的天空，飘着小白帆似的云。葱绿的柳梢摇摇摆摆，不知谁家的院里，杏花开得像一团火。往远处看，山腰围着淡淡的烟，好像一个刚醒的人，还在睡眼蒙眬。它越看越高兴，由这边跳到那边，又由那边跳到这边，然后站住，又看了老半天。

它的心飘起来了，忘了鸟笼，也忘了以前的生活，一兴奋，就飞起来，一开始它也不知道是往哪里的远方飞。它飞过绿的草原，飞过满盖黄沙的旷野，飞过波浪拍天的长江，飞过浊流滚滚的黄河，才想休息一会儿。它紧紧翅膀，往下落，正好落在一个大城市的城楼上。下边是街市、行人、车马，拥拥挤挤，看得十分清楚。

稀奇的景象由远处过来了。街道上，一个人半躺在一个左右有两个轮子的木槽子里，另一个人在前边拉着飞跑。还不止一个，这一个刚过去，后边又过来一长串。画眉想："那些半躺在木槽子里的人大概是没腿吧？要不，为什么一定要旁人拉着才能走呢？"它就仔细看半躺在上边的人，原来下半身蒙着很精致的花毛毯，就在毛毯靠下的那一边，露出擦得放光的最时兴的黑皮鞋。"那么，可见也是有腿了。为什么要别人拉着走呢？这样，一百个人里不就有五十个是废物了吗？"它越想越不明白。

"或者那些拉着别人跑的人以为这件事很有意思吧？"

可是细看看又不对。那些人脸涨得通红，汗往下滴，背上热气腾腾的，像刚离开锅的蒸笼盖。身子斜向前，迈大步，像正在逃命的鸵鸟，这只脚还没完全着地，那只脚早扔了出去。"为什么这样急呢？这是要到哪里去呢？"画眉想不明白。这时候，它看见半躺在上边的人用手往左一指，前边跑的人就立刻一顿，接着身子一扭，轮子、槽子，连上边半躺着的人，就一齐往左一转，又跑下去。它明白了："原来飞跑的人是为了别人跑。难怪他们没有笑容，也不唱赞美跑的歌，因为他们并不觉得跑是有意义和趣味的。"

它很烦闷，想起一个人当了别人的两条腿，心里不痛快，就很感慨地唱起来。它用歌声可怜那些不幸的人，可怜他们的劳力只为一个别人，他们做的事没有一些意义和趣味。

它不忍再看那些不幸的人，想换个地方歇一会儿，一飞就飞到一座楼房的绿漆栏杆上。栏杆对面是一个大房间，隔着窗户往里看，许多阔气的人正围着桌子吃饭。桌上铺的布白得像雪。刀子、叉子、玻璃酒杯、大大小小的花瓷盘子，都放出晃眼的光。中间是一个大花瓶，里边插着各种颜色的鲜花。围着桌子的人呢，个个红光满面，眼眯着，像是正在品评酒的滋味。楼下传来声音。它赶紧往楼下看，情形完全变了。一个长木板上，刀旁边，一条没头没尾的鱼，一小堆切成丝的肉，几只去了皮的大虾，还有一些切得七零八落的鸡鸭。木板旁边，水缸，脏水桶，盘、碗、碟、匙，各种瓶子，煤，劈柴，堆得乱七八糟，遍地都是。屋里有几个人，上身光着，满身油腻，正在浓厚的油烟、蒸汽里忙忙碌碌。一个人脸冲着火，用锅炒什么。油一下锅，锅边上就冒起一团火，把他的脸、胳膊烤得通红。菜炒好了，倒在花瓷盘子里，一个穿白衣服的人接过去，上楼了。不一会儿，就由楼上传出欢笑的声音，刀子、叉子的光又在桌面上闪起来。

画眉就想："楼下那些人大概是有病吧？要不，为什么一天到晚在火旁边烤着呢？他们站在那里忙忙碌碌，是因为觉得很有意义和趣味吗？"可是细看看，都不大对。"要是受了寒，为什么不到家里蒙上被躺着？要是觉得有意义、有趣味，为什么脸上一点儿笑容也没有？为什么做熟了不自己吃？对了，他们是听了穿白衣服的人的吩咐，才皱着眉，慌手慌脚地洗这个，炒那个。他们忙碌，不是自己要这样，是因为别人要吃才这样。"

它很烦闷，想起一个人成了别人的做饭机器，心里不痛快，就很感慨地唱起来。它用歌声可怜那些不幸的人，可怜他们的劳力只为一些别人，他们做的事没有一些意义和趣味。

它不忍再看那些不幸的人，想换个地方歇一会儿，一展翅就飞起来。飞过一条弯弯曲曲的胡同，僻静得很，就从那里悠悠荡荡地传出三弦和一个女孩子歌唱的声音。它一拢翅膀，落在一个屋顶上。屋顶上有个玻璃天窗，它从那里往下看，一把椅子，上边坐着个黑大汉，弹着三弦，一个十三四岁的女孩子站在旁边唱。它就想："这回可看到幸福的人了！他们正奏乐唱歌，当然知道音乐的趣味了。我倒要看看他们会乐成什么样子。"它就一面听，一面仔细地看着。

没想到完全不是那么回事，它又想错了。那个女孩子唱，越唱越紧，越唱越高，脸涨红了，拔那个顶高的声音的时候，眉皱了好几回，眉上的青筋露出来，胸一起一伏，几乎断了气。调门好容易一点点地溜下来，可是唱词太繁杂，字像流水一样往外滚，连喘口气也为难，因而后来嗓子都有点儿哑了。三弦和歌唱的声音停住，那个黑大汉眉一皱，眼一瞪，大声说："唱这样凭什么跟人家要钱！再唱一遍！"女孩子低着头，眼里水汪汪的，又随着三弦的声音唱起来。这回像是更小心了，那声音有些颤。

画眉这才明白了："原来她唱也是为别人。要是她自己可以随便主张，她早就到自己的房里去休息了。可是办不到，为了别人爱听，为了挣别人的钱，她不得不硬着头皮练习。那个弹三弦的人呢，也一样是为别人，才弹，才逼着女孩子随着唱。什么意义，什么趣味，他们真是连做梦

的时候也没想到。"

它很烦闷，想起一个人成了别人的乐器，心里不痛快，就很感慨地唱起来。它用歌声可怜那些不幸的人，可怜他们的劳力只为一些别人，他们做的事没有一些意义和趣味。

画眉决定不回去了，虽然那个鸟笼华丽得像宫殿，它也不愿意再住在里边了。它觉悟了，因为见了许多不幸的人，它知道了自己以前的生活也是很可怜的。没意义的唱歌，没趣味的唱歌，本来是不必唱的。为什么要为哥儿唱，为哥儿的姐妹兄弟们唱呢？当初糊里糊涂的，以为这种生活还可以，现在见了那些跟自己一样可怜的人，就越想越伤心。它忍不住，哭了，眼泪滴滴答答的，简直成了特别爱感伤的杜鹃了。

它开始飞，往荒凉空旷的地方飞。晚上，它住在乱树林子里。白天，它高兴飞就飞，高兴唱就唱。饿了，就随便找些野草的果实吃。脏了，就到溪水里去洗澡。四处不再有笼子的栏杆围住它，它愿意怎么样就怎么样。有时候，它也遇见一些不幸的东西，它伤心，它就用歌声来破除愁闷。说也奇怪，这么一唱，心里就痛快了，愁闷像清晨的烟雾，一下子就散了。要是不唱，就憋得难受。从这以后，它知道什么是歌唱的意义和趣味了。

世界上，到处有不幸的东西、不幸的事情——都市里，山野中，小屋子里，高楼大厦里。画眉有时候遇见，就免不了伤一回心，也就免不了很感慨地唱一回歌。它唱，是为自己，是为值得自己关心的一切不幸的东西和事情。它永远不再为某一个人或某几个人的高兴而唱了。

画眉唱，它的歌声穿过云层，随着微风，在各处飘荡。工厂里的工人，田地上的农夫，织布的女人，奔跑的车夫，掉了牙的老牛，皮包骨的瘦马，场上表演的猴子，空中传信的鸽子……听见画眉的歌声，都心满意足，忘了身上的劳累，心里的愁苦，一齐仰起头，嘴角上挂着微笑，说："歌声真好听！画眉真可爱！"

1922 年 3 月 24 日写毕　原题为《画眉鸟》

| 小感悟 |

画眉在公子哥儿家里享受荣华富贵，却不明白歌唱的意义。它离开了鸟笼，飞到了广阔的天地间。它看到筋疲力尽的车夫，手忙脚乱的厨师，被迫为他人歌唱的女孩子……善良的画眉对他们的悲惨经历感同身受，越想越伤心。但令人欣喜的是，它终于寻找到歌唱的意义——为自己，为值得自己关心的一切不幸的东西和事情。它永远不再为某一个人或某几个人的高兴而唱了。

玫瑰和金鱼

　　含苞的玫瑰开放了，仿佛从睡梦中醒过来。她张开眼睛看自己，鲜红的衣服，嫩黄的胸饰，多么美丽。再看看周围，金色的、暖和的阳光照出了一切东西的喜悦。柳枝迎风摇摆，是女郎在舞蹈。白云在蓝天里飘浮，是仙人的轻舟。黄莺哥在唱，唱春天的快乐。桃花妹在笑，笑春天的欢愉。凡是映到她眼睛里的，无不可爱，无不美好。

　　玫瑰回想她醒过来以前的情形：栽培她的是一位青年，碧绿的瓷盆是她的家。青年筛取匀净的泥土，垫在她的脚下；汲取清凉的泉水，让她喝个够。狂风的早晨，急雨的深夜，青年总把她搬到房里，放下竹帘护着她。风停了，雨过了，青年重新把她搬到院子里，让她在温暖的阳光下舒畅地呼吸着清新的空气。想到这些，她非常感激那位青年。她像唱歌似的说："青年真爱我！青年真爱我！让我玩赏美丽的春景。我尝到的一切快乐，全是青年的赏赐。他不为别的，单只为爱我。"

老桑树在一旁听见了，叹口气说："小孩子，全不懂世事，在那里说痴话！"他脸上的皱纹很深，还长着不少疙瘩，真是丑极了。玫瑰可不服他的话，她偏过脑袋，抿着嘴不作声。

老桑树发出干枯的声音说："你是个小孩子，没有经过什么事情，难怪你不信我的话。我经历了许多世事。从我的经历，我老实告诉你，你说的全是痴话，让我把我的故事讲给你听吧。我和你一样，受人家栽培，受人家灌溉。我抽出挺长的枝条，发出又肥又绿的叶子，在园林里也算是极快乐、极得意的一个。照你的意思，人家这样爱护我，单只为了爱我。谁知道完全不对，人家并不曾爱我，只因为我的叶子有用，可以喂他们的蚕，所以他们肯那么费力。现在我老了，我的叶子又薄又小，他们用不着了，他们就不来理我了。小孩子，我告诉你，世界上没有不望报酬的赏赐，也没有单只为了爱的爱护。"

玫瑰依旧不相信，她想青年这样爱护她，总是单只为了爱她。她笑着回答老桑树说："老桑伯伯，你的遭遇的确可怜。幸而我遇到的青年不是这等负心的人，请你不必为我忧虑。"

老桑树见她始终不相信，也不再说什么。他身体微微地摇了几摇，表示了他的愤慨。

　　水面的冰融化了。金鱼好像长久被关在屋子里，突然门窗大开，觉得异样地畅快。他游到水面上，穿过新绿的水草，越显得他色彩美丽。头顶上的树枝已经有些绿意了。吹来的风已经很柔和了。隔年的邻居，麻雀啦，燕子啦，已经叫得很热闹了。凡是映到他眼睛里的，无不可爱，无不美好。

　　金鱼回想他先前的生活：喂养他的是一位女郎；碧玉凿成的水缸是他的家。女郎剥着馒头的细屑喂他，还叫丫头捞了河里的小虫来喂他。夏天，阳光太强烈，就在缸面盖上竹帘，防他受热。秋天，寒冷的西风刮起来了，就在缸边护上稻草，防他受寒。女郎还时时在旁边守护着，不让猫儿吓他，不让老鹰欺侮他。想起这些，他非常感激那位女郎。他像唱歌似的说："女郎真爱我！女郎真爱我！她使我生活非常舒适。我享受到的一切安乐，全是女郎的赏赐。她不为别的，单只为爱我。"

　　老母羊在一旁听见了，笑着说："小东西，全不懂世事，在那里说痴话！"她的瘦脸带着固有的笑容，全身的白毛脏得发黑了，还卷成了一团一团。金鱼可不甘心受她嘲笑。他眼睛突得更出了，瞪了老母羊两下。

　　老母羊发出带沙的声音，慈祥地说："你还是个小东西，事情经历得太少了，难怪你不服气。我经历了许多世事。从我的经历，我老实告诉你，你说的全是痴话。让我把我的故事讲给你听吧。我和你一样，受人家饲养，受人家爱护。我有过绿草平铺的院子，也有过暖和的、清洁的屋子，在牧场上也算是极舒服、极满意的一个。照你的意思，人家这样爱护我，单只为了爱我。谁知道完全不对！人家并不曾爱我，只因为我的乳汁有用，可以喂他们的孩子，所以他们肯那么费心。现在我老了，我没有乳汁供给他们的孩子了，他们就不管我了。小东西，我告诉你，世界上没有不望报酬的赏赐，也没有单只为了爱的爱护。"

金鱼依旧不领悟，眼睛还是瞪着，怒气没有全消。他想女郎这样爱护他，总是单只为了爱他。他很不高兴地回答老母羊说："老羊太太，你的遭遇的确可怜。但是世间的事情不是一个版子印出来的。幸而我遇到的女郎不是这等负心的人，请你不必为我忧虑。"

老母羊见他始终不领悟，就闭上了嘴。她鼻孔里吁吁地呼气，表示她的怜悯。

青年和女郎互相恋爱了，彼此占有了对方的心。他们俩每天午后在花园里见面，肩并肩坐在花坛旁边的一条凉椅上。甜蜜的话比鸟儿唱的还要好听，欢悦的笑容比夜晚的月亮还要好看。假若有一天不见面，大家好像失掉了灵魂，一切都不舒服。所以没有一天午后，花园里没有他们俩的踪影。

这一天早上，青年走到院子里，搔着脑袋只是凝想。

他想："女郎这样爱我，这是可以欣慰的。要是能设法使她更加爱我，不是更好吗？知心的话差不多说完了，爱抚也不再有什么新鲜味儿，除了把我尽心栽培的东西送给她，再没有什么可靠的增进爱情的办法了。"他因此想到了玫瑰。他看玫瑰红得这样鲜艳，正配女郎的美丽的脸色；花瓣包着花蕊好像害羞似的，正配她的少女的情态。把玫瑰送给她，一定会使她十分喜欢，因而增进相爱的程度。他想定了，微笑着，对玫瑰点了点头。

玫瑰见青年这样，也笑着，对青年点了点头。她回过头来，看着老桑树，现出骄傲的神色，说："你没瞧见吗，他是这样地爱我，单只为了爱我！"

女郎这时候也起身了，她掠着蓬松的头发，倚着碧玉水缸只是沉思。她想："青年这样爱我，这是可以欣慰的。要是能设法使他更加爱我，不是更好吗？甜蜜的话差不多说完了，偎抱也不再有什么新鲜味儿，除了把我专心饲养的东西送给他，再没有什么可靠的增进爱情的办法了。"她因此想到了金鱼。她看金鱼活泼泼的，正像青年一样惹人喜欢。她想把金鱼送给他，一定会使他十分高兴；自己这样精心养护的金鱼，正可以表现自己的深情厚谊，因而增进相爱的程度。她想定了，将右手的小指含在嘴里，对着金鱼微微一笑。

金鱼见女郎这样，快乐得如梭子一般游来游去。

他抬起了头，望着老母羊，现出得意的神色，说："你没瞧见吗，她是这样地爱我，单只为了爱我！"

青年拿起一把剪刀，把玫瑰剪了下来，带到花园里去会见他的女郎。

女郎把金鱼捞了起来，盛在一个小玻璃缸里，带到花园里去会见她的青年。

他们俩见面了。青年举起手里的玫瑰，直举到女郎面前，笑着说："亲爱的，我送给你一朵可爱的花。这朵花是我一年的心力的成绩。愿你永远跟花一样美丽，愿你永远记着我的情意。"女郎也举起手里的玻璃缸，直举到青年面前，温柔地说："亲爱的，我送给你一尾可爱的小东西。这小东西是我朝夕爱护着的。愿你永远跟他一样的活泼，愿你永远记着我的情意。"

他们俩彼此交换了手里的东西。女郎吻着青年送给她的玫瑰，青年隔着玻璃缸吻着女郎送给他的金鱼，都说："这是心爱的人送给我的，吻着珍贵的礼物，就仿佛吻着心爱的人。"果然，他们俩的爱情又增进了一步。一样的一句平常说惯了的话，听着觉得格外新鲜，格外甜蜜；一样的一副平常见惯了的笑脸，对着觉得特别可爱，特别欢欣。他们不但互相占有了彼此的心，而且几乎融成一个心了。

　　玫瑰哪里料得到有这么一剪刀呢？突然一阵剧痛，使她周身麻木。等到她慢慢恢复知觉，已经在女郎的手里了。她回想刚才的遭遇，一缕悲哀钻心，几乎要哭出来。可是她觉得全身干燥，泪泉不知什么时候已经枯涸了。女郎回到屋里，把她插在一个玛瑙的花瓶里。她没有经过忧患，离开了家使她伤心，青年的爱落空了，叫她怎么忍受得了。她憔悴地低了头，不到晚上，她就死了。女郎说："玫瑰干枯了，看着真叫人讨厌。明天下午，青年一定有更美丽的花送给我的。"她叫丫头把干枯的玫瑰扔在垃圾堆上。

　　金鱼也没有料得到有这么一番颠簸。从住惯了的碧玉缸中，随着水流进了一个狭窄不堪的玻璃缸里，他闷得发晕。等他神志渐渐清醒，看见青年的嘴唇正贴在玻璃缸外面。他想躲避，可是退向后，尾巴碰着了玻璃，转过身来，肚子又碰着了玻璃，竟动弹不得，只好抬起了头叹气。青年回到屋里，把玻璃缸摆在书桌上。金鱼是自在惯了，可新居这样狭窄，女郎的爱又落空了，叫他怎么忍受得了。他瞪着悲哀的眼睛只哈气，不到晚上，他就死了。青年说："金鱼死了，把他扔了吧。明天下午，女郎一定有更可爱的东西送给我的。"青年就把死去的金鱼扔掉了，就扔在干枯的玫瑰旁边。

　　过了几天，玫瑰和金鱼都腐烂了，发出触鼻的臭气。不论什么花，不论什么鱼，都是这样的下场，值不得人们注意。青年和女郎当然不会注意，他们俩自有别的新鲜的礼物互相赠送，为了增进他们的爱情。

　　只有老桑树临风发出沙沙的声音，老母羊望着天空咩咩地长鸣，为玫瑰和金鱼唱悲哀的悼歌。

1922 年 3 月 26 日写毕

| 小感悟 |

　　玫瑰和金鱼都对主人的爱意自信满满，老桑树和老母羊的善意忠告却被当成忌妒和不怀好意。"世界上没有不望报酬的赏赐，也没有单只为了爱的爱护。"志得意满的时候，那些不爱听、不中听的话，有时候却是忠言逆耳。

花园外

春风吹来了，细细的柳条不知什么时候染上了嫩黄色，甚至已经有了点儿绿意。风轻轻吹过，把柳条的下垂的梢头一顺地托了起来，一会儿又一齐垂了下来，仿佛梳得很齐的女孩子的柔软的头发。

一道小溪在两行柳树之间流过。不知谁把小溪斟得满满的，碧清的水几乎跟岸相平。又细又匀的美丽的波纹好像刻在水面上似的，看不出向前推移的痕迹。柳树的倒影因而显得格外清楚。水的气息，泥土的气息，使人一嗅到就想起春天已经来了。温和的阳光笼罩在小溪上，好像使每一块石子每一粒泥沙都有了欢乐的生命，更不用说那些小鱼小虾了。

小溪旁边，柳树底下，各种华丽的车辆都朝着一个方向跑。有马拉的，轮子滑过地面没有一丝儿声音，白铜的轮辐耀人眼睛，乌漆的车厢亮得能照见人，巨大的玻璃窗透明得好像没有一个样。有人拉的，也轻快非常；洁白的坐褥，织着花纹的车毯，车杠上那个玩具似的手揿喇叭，都是精美不过的。还有用机器开动的，仿佛神奇的野兽，宽阔的身躯，一对睁圆的眼睛，滚一般地飞奔而来，刚到跟前，一转眼又不见了，还隐隐地听得它怪声怪气地吼叫。

坐在各种车辆里的人心里装满了快乐。快乐原来也是有重量的，你看，拉车的马出汗了，拉车的人喘气了，连机器也发出轧轧的、疲倦的声音。坐在车上的人毫不察觉，他们怀着满心的快乐，用欢愉的眼光欣赏着柔软的柳条和恬静的溪水，又掀起鼻孔深深地吸气，仔细品尝春天的芳香。你看那位胖胖的先生，宽弛的双腮在抖动着。你看那位老太太，眯着周围满是皱纹的眼睛，张大了她那干瘪的嘴。那些年轻的女郎挥舞着手帕，唱起歌儿来了。那些小孩儿又是笑、又是闹，张开双臂想跳下车来。这时候，拉车的马汗出得更多了，拉车的人气喘得更急了，连机器的轧轧声也显得更加疲倦了。

那些心里装满了快乐的人要到哪里去呢？原来前面小溪拐弯的地方有一座花园。春风吹来，睡着的花园才醒过来，还带点儿倦意，发出带着甜味的芳香。小鸟儿们已经热闹地唱起来，招引那些心里装满了快乐还要寻找快乐的人。他们知道花园是快乐的银行，自然都要奔向花园，犹如每一滴水喜欢奔向大海一个样。

长儿站在花园门口不止一天了。邻家的伯母跟他讲起过这座花园，他猜想花园的大门里边一定就是神仙的世界，总想进去逛逛。他跟父亲很不容易见面：早上他起床的时候，父亲还睡得正酣；等他跟小伙伴们玩了一阵回家，父亲已经不知上哪儿去了；直到晚上他眼皮发沉了还不见父亲回来。所以他只好跟母亲说。母亲老给人家洗衣服，青布围裙老是湿漉漉的，十个手指让水泡得又白又肿。她听长儿说要去逛花园，就发怒说："花园？你配逛花园？"她不往下说了，继续搓手中的衣服，肥皂沫不断地向四周飞溅。

长儿不敢再说什么，可是他实在不明白母亲的话：为什么他不配逛花园？那么谁才配逛花园呢？邻家的伯母从来没有说过。长儿以为除了邻家的伯母，再没有懂得道理的人了。她没有说过，别人也不会知道。长儿只好把疑问默默地藏在心里，只好睡他的觉，做他的梦……

他的一双脚仿佛有魔法似的，不知不觉，把他的身子载到了花园门口。又阔又大的门敞开着，望进去只见密密层层的、深绿的浅绿的树。他跟树林之间没有东西挡着，也不见别的人。他飞奔过去，跑得比平时快，跳得比平时高。忽然，他的身子让什么给绊住了，再使劲也摆脱不了。只听得有人大喝一声："跟谁一块儿来的？"他才发觉身后站着一个大汉，他的肩膀就让这个大汉给抓住了。那只又粗又大的手，好像给他捆上了几根绳子，捆得他胳膊都发麻了。

　　长儿心里害怕，不知道怎样回答才好，瞪大了一双眼睛。大汉摇晃着他的肩膀说："我在问你呢，你是跟谁一块儿来的？"长儿说："我……我自己一个人来的。"大汉听着笑了一笑，脸色显得更加可怕。他说："既然一个人来的，买了票子再进去！"

　　"我不要买票子，只到花园里去逛逛。"长儿一边说，一边想脱身跑。大汉发怒了，眼睛射出凶光，原先只鼻子发红，现在整个脸都涨红了。他大声说："小流氓，不出钱想逛花园，快给我滚！"大汉使劲一推，长儿摇摇晃晃地倒退了几步，一跤坐在地上，两手向后撑住了身子。坐在门口歇息的车夫看着都狂笑起来。

　　长儿听见笑声才发觉花园门口停着许多车辆，坐着许多人。他难为情极了，慢慢地爬起来，装作没事儿一个样，看到别人都不注意他了，才飞快地溜走了。回到家里，母亲还在洗她的衣服，长儿也不跟母亲说什么。

　　仙境似的花园系着长儿的心。长儿老待在家里，实在太乏味，又出门去逛。他没打算到哪里去，可是两条腿不向往日捉迷藏的树林走去，也不向往日滚铁环的空场走去，偏偏又来到了花园门口。长儿在这儿吃过亏，不敢再一直往里飞奔，那个大汉坐在门旁的小屋里呢。他在门外悄悄地走来走去，有时候躲在人力车背后，有时候爬上马车背面的小凳子，有时候放大了胆，走到花园门口向里张望。马车和人力车一辆接一辆离去，到最后，一辆也不剩了。天已经黑下来了，花园里已经什么也望不见了。大汉的屋里放出一星灯光。这时候，长儿只好回家去了。第二天，长儿又来了；在花园门口走来走去，好像这成了他日常的功课。

一辆马车停在花园门口。马夫跳下车来，拉开了车厢的门，一位先生，一位夫人，扶着两个孩子从车厢里走出来了。长儿只顾看那两个孩子，别的人他好像都没瞧见。那两个孩子的衣服闪烁发光，袜子长过了膝盖，黑得发亮的鞋子着地有声。他们的脸蛋多么红呀！他们的头发梳得多么光呀！他们走进花园去了，一跳一跳的，多么自在呀！大汉哪儿去了呢？为什么不来抓住他们呢？他们走进了密密层层的树林，再也看不见了。他们到树林里去干什么呢？

长儿这么想着，奇怪极了，他觉得自己也到了树林里。多么高兴呀，想望了许久，如今如愿了。他在树荫下奔来奔去。树林好像没有尽头，大树一棵挨着一棵，好像顶天的柱子。树枝上有许多松鼠在跳来跳去。还有许多红脸的猴子，跟耍把戏的人牵着的一个样，有的坐在树枝上，有的挂在树枝上。更奇怪的是往常在水果铺里看到的各种果子，红的，黄的，紫的，挂满了枝头。水果铺大概就是到这里来采的。长儿想：我为什么不采几个尝尝呢？

他正要举起手来，身子不知让什么给撞了一下，一辆人力车刚好停在他身旁。他才从梦中惊醒，原来他站在花园门口，并没走进花园一步。

长儿呆呆地望着花园的大门，忽然眼前一亮，出现了一件可爱的东西。那是一束鲜红的花，从花园的大门里飞出来了，近了，近了，来到了他的身边。他看到花瓣都在抖动，还闻到一种奇妙的香味。可是才一刹那，那束鲜红的花就飞走了，远了，远了，终于看不见了。长儿想："这鲜红的花是花园里最好的东西了，我要带点儿回去才好。刚才没把它抓住，真是太可惜了！不要紧，花园里一定多的是。我要采一束插在母亲的床头，她一天到晚洗衣服，从没看过花。再采一束，跟小伙伴们演戏的时候好扎在帽檐儿上扮英雄。还要采一束种在自家门前，让它永远永远开着……"

长儿这么想着，奇怪极了，他觉得自己已经进了花园，站在花坛旁边。鲜红的花堆得像山一样高，只看见一片红色。他发现所有的花都在笑，默默地对着他笑。从笑着的花上淌下一滴一滴又香又甜的蜜，流到地面都凝成一颗一颗红色的香糖。他的舌尖好像已经尝到了甜味。他想拾一颗糖送进嘴里，再看，这不是糖，而是鲜红的果子。果子也好，他拾了一满怀。又想到花儿不能不采，他放下果子去采花。一枝半开的，正好插在母亲床头，他采了搂在怀里；一枝比较小，正好扎在帽檐儿上，他采了插在口袋里；一枝挺茂盛，正好种在自家门前。他举起手正要采，忽然"嘟嘟"一声，汽车的吼叫把他给唤醒了。原来他还在花园门口，并没走进花园一步。

长儿多么懊恼呀，香糖不见了，果子不见了，只有舌尖上好像还留着甜味。他向花园的大门里望去，依旧是密密层层的、深绿间着浅绿的树林。他听到树林里传出美妙的音乐：鼓的声音挺清脆，好像打滚似的；喇叭的声音挺洪亮，好像长鸣似的；长笛的声音最尖锐，率领着其他的乐器，还有叮叮当当敲击铜器和铁器的声音。可能有一支乐队在树林里为游客们演奏。乐队一定穿着一色的号衣；吹喇叭的，面颊一定鼓得圆圆的，像生气的河豚；吹长笛的，眯着眼睛，像要睡着似的……

长儿这么想着，奇怪极了，他觉得自己站在树林里的一座亭子旁边，身子倚在栏杆上，有滋有味地听乐队演奏。乐队穿着一色的蓝号衣，胸前和肩膀上都绣着美丽的图案。乐器都发出灿烂的金光，把演奏的人的脸蛋和衣服都耀得闪闪烁烁的。他们奏了一曲小调，又奏了一曲山歌。长儿高兴地大声唱起来，乐队就跟着他唱的调儿演奏。他高声唱："开步走，开步走……"乐队就走出亭子，排着整齐的队伍，跟着他在草地上齐步向前走。他举起双臂，指挥乐队向左转，没防着自己让什么给撞了一下，身子打了个旋，才发觉撞他的是两个孩子。原来他还在花园门口，并没走进花园一步。

撞他的孩子就是先前进去的那两个孩子。他们游罢花园出来了，双手捧着许多糖果。他们撞了长儿好像没事儿似的，高傲地跟父母跨上了马车。只听得一声鞭响，车轮就缓缓地转动起来。长儿呆呆地望着远去的马车，又回过头来看看花园的大门。他似乎进去逛过了，但是仍旧不知道花园里的情景，虽然只隔着一道围墙，而且花园的大门还敞开着呢！

1922 年 3 月 27 日写毕　原题为《花园之外》

| 小感悟 |

美丽的花园是快乐的海洋，花园外的长儿只想去里面逛逛，却遭到周围人的嘲笑和不理解。最后，他不得不通过想象和做梦的方式，进去花园里看看。这不禁让人想到安徒生笔下的《卖火柴的小女孩》。他们的梦想并非遥不可及，但生活在那样残酷的时代中，实现梦想变得毫无希望。他们的痛苦和悲伤，也许是生活在今天的你不能理解的，却又是另一种童年和人生。

稻草人

　　田野里白天的风景和情形，有诗人把它写成美妙的诗，有画家把它画成生动的画。到了夜间，诗人喝了酒，有些醉了；画家呢，正在抱着精致的乐器低低地唱：都没有工夫到田野里来。那么，还有谁把田野里夜间的风景和情形告诉给世间的人呢？有，还有，就是稻草人。

　　稻草人是农人亲手造的。他的骨架子是竹园里的细竹枝，他的肌肉、皮肤是隔年的黄稻草。破竹篮子、残荷叶都可以做他的帽子；帽子下面的脸平板板的，分不清哪里是鼻子，哪里是眼睛。他的手没有手指，却拿着一柄破扇子——其实也不能算拿，不过用线拴住扇柄，挂在手上罢了。他的骨架子长得很，脚底下还有一段，农人把这一段插在田地中间的泥土里，他就整天整夜站在那里了。

　　稻草人非常尽责任。要是拿牛跟他比，牛比他懒怠多了，有时躺在地上，扬着头看天。要是拿狗跟他比，狗比他顽皮多了，有时到处乱跑，累得主人四处去找寻。他向来不嫌烦，像牛那样躺着看天；他也向来不贪玩，像狗那样到处乱跑。他安安静静地看着田地，手里的扇子轻轻摇动，赶走那些飞来的小雀，他们是来吃新结的稻穗的。他不吃饭，也不睡觉，就是坐下歇一歇也不肯，总是直挺挺地站在那里。

这是当然的，田野里夜间的风景和情形，只有稻草人知道得最清楚，也知道得最多。他知道露水怎么样洒在草叶上，露水的味道怎么样香甜；他知道星星怎么样眨眼，月亮怎么样笑；他知道夜间的田野怎么样沉静，花草树木怎么样酣睡；他知道小虫们怎么样你找我、我找你，蝴蝶们怎么样恋爱：总之，夜间的一切他都知道得清清楚楚。

以下就讲讲稻草人在夜间遇见的几件事情。

一个满天星斗的夜里，他看守着田地，手里的扇子轻轻摇动。新出的稻穗一个挨一个，星光射在上面，有些发亮，像顶着一层水珠；有一点儿风，就沙拉沙拉地响。稻草人看着，心里很高兴。他想，今年的收成一定可以使他的主人——一个可怜的老太太——笑一笑了。她以前哪里笑过呢？八九年前，她的丈夫死了。她想起来就哭，眼睛到现在还红着；而且成了毛病，动不动就流泪。她只有一个儿子，娘儿两个费苦力种这块田，足足有三年，才勉强把她丈夫的丧葬费还清。没想到儿子紧接着得了白喉，也死了。她当时昏过去了，后来就落了个心痛的毛病，常常犯。这回只剩她一个人了，老了，没有气力，还得用力耕种，又挨了三年，总算把儿子的丧葬费也还清了。可是接着两年闹水，稻子都淹了，不是烂了，就是发了芽。她的眼泪流得更多了，眼睛受了伤，看东西模糊，稍微远一点儿就看不见。她的脸上满是皱纹，倒像个风干的橘子，哪里会露出笑容来呢！可是今年的稻子长得好，很壮实，雨水又不多，像是能丰收似的，所以稻草人替她高兴。想来到收割的那一天，她看见收的稻穗又大又饱满，这都是她自己的，总算没有白受累，脸上的皱纹一定会散开，露出安慰的、满意的笑容吧。如果真有这一笑，在稻草人看来，那就比星星、月亮的笑更可爱，更珍贵，因为他爱他的主人。

稻草人正在想的时候，一个小蛾飞来，是黄白色的小蛾。他立刻认出那小蛾是稻子的仇敌，也就是主人的仇敌。从他的职务想，从他对主人的感情想，都必须把那小蛾赶跑了才是。于是他手里的扇子摇动起来。可是扇子的风很有限，不能够叫小蛾害怕。那小蛾飞起来，落在另一棵稻子上，简直像不觉得稻草人在那里驱逐似的。稻草人见小蛾又落下了，心里非常着急。可是他的身子跟树木一样，定在泥土里，想往前移动半步也做不到；扇子尽管扇动了，那小蛾却依旧稳稳地歇着。他想到将来田里的情形，想到主人的眼泪和干瘪的脸，又想到主人的命运，心里就像刀割一样。但是那小蛾是歇定了，不管怎么赶，他就是不动。

星星结队归去，一切夜景都隐没的时候，那小蛾才飞走了。稻草人很愁闷地看着那棵稻子。果然，茎的中段有一个地方断了，上面的绿叶垂下来，而且就要干枯了，很可怜的样子。再仔细一看，叶背上还留着好些蛾子。这使稻草人感到无限的惊恐，心想祸事真个来了，越怕越躲不过。可怜的主人，她有的不过是两只模糊的眼睛；要告诉她，使她及早看见这个，才有可能挽救呢。他这么想着，扇子摇得更勤了。扇子常常碰在身体上，发出啪啪的声音。他不会叫喊，尽管这是唯一的警告主人的法子了。

老妇人到田里来了。她弯着腰，看看田里的水正合适，不必再从河里引水进来。又看看她手种的稻子，全很壮实；摸摸稻穗，沉甸甸的。再看看那稻草人，帽子依旧戴得很正；手里的扇子依旧拿着，摇动，发出啪啪的声音；站得依旧很好，直挺挺的，位置没有动，样子也跟以前一模一样。她看一切事情都很好，就走上田岸，预备回家去搓草绳。

　　稻草人看见主人就要走了，急得不得了，连忙摇动扇子，想靠着这急迫的声音把主人留住。这声音里仿佛说："我的主人，你不要去呀！你不要以为田里的一切事情都很好，天大的祸事已经在田里留下种子了。一旦发作起来，就要不可收拾，那时候，你就要流干了眼泪，揉碎了心；趁着现在赶早扑灭，还来得及。这，就在这一棵上，你看这棵稻子的叶背呀！"他靠着扇子的声音反复地表示这个警告的意思；可是老妇人哪里懂得，她一步一步地走远了。他急得要命，还在使劲摇动扇子，直到主人的背影都望不见了，他才知道这个警告是无效了。

　　除了稻草人以外，没有一个人为稻子发愁。他恨不得一下子跳过去，把那祸害的根苗扑灭了；又恨不得托风带个信，叫主人快快来铲除祸害。他的身体本来是瘦弱的，现在怀着愁闷，更显得憔悴了，连站直的劲儿也不再有了，只是斜着肩，弯着腰，俨然成了个病人的样子。

　　不到几天，在稻田里，黄白色的小蛾到处都是了。夜深人静的时候，稻草人听见了他们吸取稻汁的声音，也看见了他们欢欣飞舞的姿态。渐渐地，稻穗无力地垂下去了，叶子上的绿色也没有了，一片干黄。他痛心，不忍再看，想到主人今年的辛苦又只能换来眼泪和叹气，禁不住低头哭了。

这时候天气很凉了，又是在夜间的田野里，冷风吹得稻草人直打哆嗦；只因为他正在哭，没觉得。忽然传来一个女子的声音："我当是谁呢，原来是你。"他惊醒了一下，才觉得身上非常冷。但是有什么法子呢？他为了尽责任，而且行动不由自主，虽然冷，也只好站在那里。他看那个女子，原来是一个渔妇。田地的前面是一条河，那渔妇的渔船就停在河边，舱里露出一丝微弱的火光。她那时正在把撑起的鱼罾（zēng）放到河底；鱼罾沉下去，她坐在岸上，等过一会儿把它拉起来。

舱里时常传出小孩子咳嗽的声音，又时常传出困乏的、细微的叫"妈"的声音。这使她很焦心，她用力拉罾，总像是不顺手，并且几乎回回是空的。舱里还是有声音，她就向舱里的病孩子说："你好好儿睡吧！等我逮着鱼，明天给你煮粥吃。你总是叫我，真乱心，怎么能逮着鱼呢！"

孩子忍不住，还是喊："妈呀，把我渴坏了！给我点儿茶喝！"接着又是一阵咳嗽。

"这里哪来的茶！你老实一会儿吧，我的祖宗！"

"我渴死了！"孩子竟大声哭起来。在空旷的、夜间的田野里，这哭声显得格外凄惨。

渔妇无可奈何，把拉罾的绳子放下，上了船，进了舱，拿起一个碗，从河里舀了一碗水，转身给病孩子喝了。孩子一口气把水喝下去，他实在是渴极了。可是碗刚放下，他就又咳嗽起来；并且像是更厉害了，后来就只剩下喘气。

渔妇不能多管孩子，又上岸去拉她的罾。好久好久，舱里没有声音了，她的罾也不知又空了几回，才逮着一条鲫鱼，有七八寸长。这是头一次收获，她很小心地把鱼从罾里取出来，放在一个木桶里，接着又把罾放下去。这个盛鱼的木桶就在稻草人的脚旁边。

这时候，稻草人更加伤心了。他可怜那个病孩子，渴到那样，想喝一口茶都不成；病到那样，还是不能跟母亲一起睡觉。他又可怜那个渔妇，在这寒冷的深夜里打算明天的粥，所以不得不硬着心肠把病孩子扔下不管。他恨不得自己去作柴，给孩子煮茶喝；恨不得自己去作褥，给孩子一些温暖；又恨不得夺下黄白色小蛾的赃物，给渔妇煮粥吃。如果他能走，他一定立刻照着他的心愿做；但是很不幸，他的身体跟树木一样，长在泥土里，连半步也不能动。他没有法子，越想越伤心，哭得更痛心了。忽然啪的一声，他吓了一跳，停住哭，看出了什么事情，原来是鲫鱼被扔在木桶里。

这木桶里的水很少，鲫鱼躺在桶底上，只有靠下的一面能够沾一些潮润。鲫鱼很难过，想逃开，就用力向上跳。跳了好几回，都被高高的桶框挡住，依旧掉在桶底上，身体摔得很疼。鲫鱼的向上的一只眼睛看见稻草人，就哀求说："我的朋友，你暂且放下手里的扇子，救救我吧！我离开我的水里的家，就只有死了。好心的朋友，救救我吧！"

听见鲫鱼这样恳切的哀求，稻草人非常心酸；但也只能用力摇动自己的头。他的意思是说："请你原谅我，我是个柔弱无能的人哪！我的心不但愿意救你，并且愿意救那个捕你的妇人和她的孩子，还有你、妇人、孩子以外的一切人。可是我跟树木一样，定在泥土里，连半步也不能自由移动，我怎么能照我的心愿做呢！请你原谅我，我是个柔弱无能的人哪！"

鲫鱼不懂稻草人的意思，只看见他连连摇头，愤怒就像火一般地烧起来了。"这又是什么难事！你竟没有一点人心，只是摇头！原来我错了，自己的困难，为什么求别人呢！我应该自己干，想法子，不成，也不过一死罢了，这又算什么！"鲫鱼大声喊着，又用力向上跳，这回用了十二分力，连尾和鳍的尖端都挺了起来。

稻草人见鲫鱼误解了他的意思，又没有方法向鲫鱼说明，心里很悲痛，就一面叹气一面哭。过了一会儿，他抬头看看，渔妇睡着了，一只手还拿着拉罾的绳。这是因为她太累了，虽然想着明天的粥，也终于支持不住了。桶里的鲫鱼呢？跳跃的声音听不见了，尾巴像是还在断断续续地拨动。稻草人想，这一夜是许多痛心的事都凑在一块儿了，真是个悲哀的夜！可是看那些黄白色的小强盗，却高兴得很，吃饱了，正在叶梢上跳舞呢。稻子的收成算完了，主人的衰老的力量又白费了，世界上还有比这更可怜的吗！

夜更暗了，连星星都显得无光。稻草人忽然觉得由侧面田岸上走来一个黑影，近了，仔细一看，原来是个女子，穿着肥大的短袄，头发很乱。她站住，望望停在河边的渔船；一转身，向着河岸走去；不多几步，又直挺挺地站在那里。稻草人觉得很奇怪，就留心看着她。

一种非常悲伤的声音从她的嘴里发出来，微弱，断断续续，只有听惯了夜间一切细小声音的稻草人才听得出。那声音是说："我不是一条牛，也不是一只猪，怎么能让你随便卖给人家！我要跑，不能等着你明天真把我卖给人家。你有一点儿钱，不是赌两场输了就是喝几天黄汤①花了，管什么！你为什么一定要逼我？……只有死，除了死没路！死了，到地下找我的孩子去吧！"这些话又哪里成话呢，哭得抽抽搭搭的，声音都被搅乱了。

稻草人非常心惊，想这又是一件惨痛的事情让他遇见

_____

① 指酒。

了。她要寻死呢！他着急，想救她，自己也不知道为什么。他又摇起扇子来，想叫醒那个睡得很沉的渔妇。但是办不到，那渔妇跟死了一样，一动也不动。他恨自己，不该像树木一样，定在泥土里，连半步也不能动。见死不救不是罪恶吗？可自己就正在犯着这种罪恶。这真是比死还难受的痛苦哇！"天哪，快亮吧！农人们快起来吧！鸟儿快飞去报信吧！风快吹散她的寻死的念头吧！"他这样默默地祈祷着；可是四围还是黑洞洞的，声音也没有一点点。他心碎了，怕看又不能不看，就胆怯地死盯着站在河边的黑影。

那女子沉默着站了一会儿，身子往前探了几探。稻草人知道可怕的时候到了，手里的扇子拍得更响。可是她并没跳，又直挺挺地站在那里。

又过了好大一会儿，她忽然举起胳膊，身体像倒下一样，向河里面蹿去。稻草人看见这样，没等到听见她掉在水里的声音，就昏过去了。

第二天早晨，农人从河岸经过，发现河里有死尸，消息立刻传出去了。左近的男男女女都跑来看。嘈杂的人声惊醒了酣睡的渔妇，她看那木桶里的鲫鱼，已经僵僵地死了。她提了木桶走回船舱；病孩子醒了，脸显得更瘦了，咳嗽也更加厉害了；那老农妇也随着大家到河边来看，走过自己的稻田，顺便看了一眼。没想到，几天工夫，完

了，没有成熟的稻穗都懒洋洋地倒下来了，鲜绿的叶子都变成黄色。她急得跺脚，捶胸，放声大哭。大家跑过来问，劝她，看见稻草人倒在田地中间。

1922 年 6 月 7 日写毕

| 小感悟 |

　　善良又尽责的稻草人，他尽职尽责地为可怜的农妇守护稻田，同情境遇悲惨的人们，一心想阻挡发生在眼前的悲剧。但是他不能动、不能说话，无法帮助任何人。他心里着急、愤怒、怨恨又惭愧，这种无能为力的感觉更让人绝望。最后，他痛心疾首地倒下了，世界上的悲剧并没有消失。假如稻草人能说话，有魔法，他会做些什么呢？

牧羊儿

　　草场的一角有一座小屋子，住着一个孩子和三十多头羊。孩子和羊彼此非常要好，比兄弟姐妹还要亲热。屋子里铺着厚厚的稻草。他们躺在草上，你枕着我的腿，我贴着他的胸，挨挨挤挤的，一同度过又黑又长的夜。

　　夜虽然又黑又长，他们却觉得很暖和，很有滋味。他们常常做梦，梦见许多可喜的事儿。

　　一头羊把脑袋一偏，它的角正好抵在孩子的嘴唇边，孩子就做起梦来了。他梦见正当炎热的夏天，自己坐在雪白的帐篷底下，捧着一大碗冰激凌，吃得正高兴。冰激凌真凉，从嘴唇直凉到心里，爽快极了。忽然又梦见草场上到处长满了碧绿的大西瓜，成了一大片瓜田。他捧起一个西瓜，用手一拍就成了两半，麦黄色的瓜瓤儿闪闪发亮。他张口大嚼，又甜又凉爽，好像夏天已经过去了。

　　跟他睡在一起的羊也做梦了。有一头羊把它的脑袋靠在另一头羊的胸口上，鼻子和嘴唇蹭着柔软的毛，它就做起梦来。它梦见草场上的草长得又肥又嫩，看着都心爱。它呼唤同伴们，叫大家一同来吃；那种又甜又鲜的味道，大家从来都没尝到过。

有一头羊把跷起的腿搁在另一头羊的脖子上，它也做起梦来。它梦见自己在草场上跳跃，越跳越高，仙人掌那么矮，算不了一回事儿，土墙那么低，也算不了一回事儿，连那么高的榕树，它都跳过去了，跟跳过一丛小草似的。它越跳越高，多么快活呀，它能腾空飞行了，像一只雪白的鸽子，可是它不用翅膀，只要划动它的四条腿就成了。低头向下看，同伴们都在草场上望着它呢。再一看，却是许多雪白的鹅。它使劲喊起来："你们飞吧，你们快飞吧！"

孩子和羊在夜里做的梦，大多是这样的。等到天一亮，孩子和羊一同起身，来到草场上。他们开始吃东西，羊吃草，孩子吃他带来的饭。吃饱了，大家一同唱歌玩儿，孩子唱《孟姜女》《一朵茉莉花》，羊唱它们的《咩咩曲》。他们常常面颊蹭面颊，耳朵蹭耳朵，大家感到又软又痒，非常舒服。有时候两头羊面对面站了起来，彼此前腿扶着前腿，跳起舞来。有时候孩子跟羊赛跑，从草场的这一头跑到那一头。有时候孩子抱着羊躺在草地上，仰面看飘着白云的天空。天空像没有波浪的大海，海中有白石头堆成的小岛，还有张起白帆的小船。

草场东边有几棵老榕树，脖子里挂下很长的胡须，随风飘拂。孩子和羊最喜欢这几位老公公，常常到它们跟前去玩儿。孩子和羊玩得高兴，都笑起来；老榕树掀着长胡须，也笑起来。站在一旁的仙人掌伸出了碧绿的胳膊，想跟他们一起玩儿，可是脚埋在土里，一步也动不了。孩子和羊懂得仙人掌的意思，到它们跟前去跟它们玩儿。

大家都很快乐，小孩很快乐，羊很快乐，老榕树和仙人掌也很快乐。

有一天，一位老婆子突然跑到草场上来对孩子说："你的母亲死了，快跟我回去！"

孩子听了，心里像塞进了一件什么东西，眼泪立刻涌出来了，放声大哭起来。他伸出了两只手，好像要抓住什么似的，急急忙忙，跟着老婆子走了。

"他走了。"一头雪白的羊说，声音很凄凉。

"我们少了一个同伴了，"一头双角弯弯的羊说，"他从来没离开过我们。我们没有了他，好像一切都变了样，干什么都没有兴趣了。"

"你们没听见吗，他的母亲死了。"一头长胡须老羊叹息说，它的眼角上闪着泪花。

一头小白羊忍不住哭起来，它呜咽着说："他从此没有母亲了。他再叫母亲也没有人应了，还从此没有奶吃了。这样的痛苦，教他怎么受得了呢？"

小白羊一哭，引得大家都流起眼泪来。所有的小羊都贴紧自己的母亲，觉得自己有母亲可叫，有奶可吃，是天底下最大的幸福。

双角弯弯的羊抹着眼泪说："他碰上这样伤心的事儿，我们在这里代他流眼泪，对他没有一点儿用处。我们应当推选几个代表去安慰安慰他，顺便请他早点儿回到我们这儿来。"

"这个主意好。"大家忍着眼泪说。"你就是一个代表。"

大家一共选出了三个代表，双角弯弯的羊是一个，还有两个是卷毛的白羊和长角的灰羊，请它们代表大家去慰问孩子。

三头羊离开了草场，顺着大路向前走。走到三岔路口，它们不知道该走哪一条路，只好站住了。

恰好背后来了个人，笑嘻嘻地问它们："你们不认识路吗？"

卷毛白羊点点头说："是的。同我们在一起的孩子，他的母亲死了。您知道去他家里应当走哪一条路吗？"

那个人随便用手一指，笑着说："走左边这条路。正好，我也要到那里去，你们就跟我走吧。前边还有岔路，跟着我走没有错。"

三头羊谢了又谢，就跟着那个人走。前边果真有许多岔路，跟着他走一点儿用不着迟疑。走到一座又矮又小的房子前，那个人推开板门，对它们说："孩子就在这里，你们进去吧。"

三头羊急忙奔进去，只想早点儿安慰失去了母亲的孩子，没想到身后的板门突然关上了。它们受骗了，被那个人关进了羊圈。第二天，那个人把三头羊宰了，卖了许多钱，自己还饱吃了一顿羊肉。

那天傍晚，羊的主人站在大门口，望见草场上的羊还没有回去，急急忙忙赶来了。他找不着孩子，就发起火来："这个孩子太顽皮，跑到哪儿去了？这时候还不让羊回去。"

主人把羊赶回屋子里，数了数，少了三头。他的火发得更大了，拿起竹竿在羊的身上乱抽。那天夜里躺在床上，他又气又恼，简直没合上眼。直到窗子上有点儿亮光了，他才打定主意。

那天夜里，所有的羊都做了可怕的梦。小羊梦见母亲死了，衔着母亲的冰冷的乳头，一个劲儿号哭。大羊梦见主人手里的竹竿忽然变成了雪亮的刀，自己的脑袋被砍掉了，脖子痛得没法忍受。母羊梦见自己的孩子被魔鬼捉去了，撒开四条腿赶紧追，怎么也追不上，最后一跤摔醒了。

第二天早上，羊的主人唤了一个人来，对他说："喂羊又麻烦又吃亏，只有傻子才干这种事儿。我把羊全卖给你，你牵回去宰了好卖。"

那个人付了钱，拿长长的绳子把羊拴成几串，牵着走了。

就在羊做可怕的梦的时候，孩子的母亲被放进了棺材。这口棺材是孩子走遍了东村西村，磕了数不清的头，凑了钱买来的。孩子贴着棺材睡着了，好像贴在母亲的胸前。不一会儿他就醒了，看看天色已亮，不知道羊怎样了，急忙向草场跑去。

孩子跑到草场上，一头羊也不见了；跑进屋里，也不见羊的踪影。他急了，连忙去见主人。

主人板起脸对他说："你行啊，到这时候才回来。我已经把羊卖掉了。我不再喂羊了，这里用不着你了。"

孩子一听这话，觉得好像摔了一跤，不是摔在地上，而是摔在半空中，四处没有倚傍。他自己也不知怎么走出了主人家的大门。

草场上从此没有羊，也没有孩子了。只有仙人掌一声不响地站在那里，老榕树掀着长胡须在默默地叹息。

1924 年 1 月 10 日发表

| 小感悟 |

　　牧羊儿和他的羊是非常要好的朋友，比兄弟姐妹还要亲热，他们依靠彼此度过漫长的黑夜。听说牧羊儿失去母亲，好心的羊要去找他，给他安慰。然而，悲剧却也因此发生。三只羊白白牺牲了生命，主人也因此动怒。刚刚失去母亲的孩子再一次失去了朋友，也失去赖以为生的活计。他要何去何从呢？可叹人心，有时竟不如动物有情！

皇帝的新衣

从前安徒生写过一篇故事，叫《皇帝的新衣》，想来看过的人很不少。

这篇故事讲一个皇帝，最喜欢穿新衣服，就被两个骗子骗了。骗子说，他们制成的衣服漂亮无比，并且有一种神奇的力量，凡是愚笨的或不称职的人就看不见。他们先织衣料，接着就裁、缝，都只是用手空比画。皇帝派大臣去看了好几次。大臣没看见什么，但是怕人家说他们愚笨，更怕人家说他们不称职，就都说看见了，的确是非常漂亮。新衣服制成的那天，皇帝正要举行一种大礼，就决定穿了新衣服出去。两个骗子请皇帝把旧衣服脱干净了，用手做着穿衣服的样子，算是给皇帝穿上了新衣服。旁边伺候的人谁也没看见新衣服，可是都怕人家说他们愚笨，更怕人家说他们不称职，就一齐欢呼赞美。皇帝也就表示很得意，裸体走出去了。沿路的民众也像看得十分清楚，一致颂扬皇帝的新衣服。可是小孩子偏偏爱说实话，有一个喊出来："看哪，这个人没穿衣服。"大家听到，你看看我，我看看你，都笑了，终于喊起来："啊！皇帝真是没穿衣服！"皇帝听得真真的，知道上了当，像是浇了一桶凉水；可是事情已经这样，也不好意思再说回去穿衣服，只好硬着头皮往前走去。

以后怎么样呢？安徒生没说。其实是以后还有许多事情的。

皇帝一路向前走，硬装作得意的样子，身子挺得格外直，以致肩膀和后背都有点儿酸疼了。跟在后面给他拉着空衣襟的侍臣知道自己正在做非常可笑的事情，直想笑；可是又不敢笑，只好紧紧地咬住下嘴唇。护卫的队伍里，人人都死盯着地，不敢斜过眼去看同伴一眼；只怕彼此一看，就憋不住，哈哈大笑起来。

民众没有受过侍臣、护卫那样的训练，想不到咬紧嘴唇，也想不到死盯着地，既然说破了，说笑声就沸腾起来。

"哈哈，看不穿衣服的皇帝！"

"嘻嘻，简直疯了！真不害臊！"

"瘦猴！真难看！"

"吓，看他的胳膊和大腿，像煺毛的鸡！"

皇帝听到这些话，又羞又恼，越羞越恼，就站住，吩咐大臣们说："你们没听见这群不忠心的人在那里嚼舌头吗！为什么不管！我这套新衣服漂亮无比，只有我才配穿；穿上，我就越发显得尊严、高贵：你们不是都这样说吗？这群没眼睛的浑蛋！以后我要永远穿这一套！谁故意说坏话，谁就是坏蛋、反叛，立刻逮来，杀！就，就，就这样。赶紧去，宣布，这就是法律，最新的法律。"

大臣们不敢怠慢，立刻命令手下的人吹号筒，召集人民，用最严厉的声调把新法律宣布了。果然，说笑声随即停止了。皇帝这才觉得安慰，又开始往前走。

可是刚走出不很远，说笑的声音很快地由细微变得响亮起来。

"哈哈，皇帝没……"

"哈哈，皮肤真黑……"

"哈哈，看肋骨一根根……"

"从来没有的新……"

皇帝再也忍不住了，脸气得一块黄、一块紫，冲着大臣们喊："听见了吗？"

"听见了。"大臣们哆嗦着回答。

"忘了刚宣布的法律啦？"

"没，没……"大臣们来不及说完，就转过身来命令兵士，"把所有说笑的人都抓来！"

街上一阵大乱。兵士跑来跑去，像圈野马一样，用长枪拦截逃跑的人。人们往四面逃，有的摔倒了，有的从旁人的肩上蹿出去。哭，叫，简直是乱成一片。结果捉住四五十个人，有妇女，也有小孩子。皇帝命令就地正法，为的是叫人们知道他的话是说一不二的，将来没有人再敢触犯那新法律。

从此以后，皇帝当然不能再穿别的衣服。上朝的时候，回到后宫的时候，他总是裸着身体，还常常用手摸摸这，摸摸那，算作整理衣服的皱纹。他的妃子们和侍臣们呢，起初本来也忍不住要笑的；日子多了，就练成一种本领，看到他黑瘦的身体，看到他装模作样，无论觉得怎么可笑，也装得若无其事，不但不笑，反倒像是也相信他是穿着衣服的。在妃子们和侍臣们看来，这种本领是非有不可的；如果没有，那就不要说地位，简直连性命也难保了。

可是天地间什么事情都难免例外，也有因为偶尔不小心就倒了霉的。

一个是最受皇帝宠爱的妃子。一天，她陪着皇帝喝酒，为了讨皇帝的欢喜，斟满一杯鲜红的葡萄酒送到皇帝嘴边，一面撒着娇说："愿您一口喝下去，寿命跟天地一样长久！"

皇帝非常高兴，嘴张开，就一口喝下去。也许喝得太急了，一声咳嗽，酒喷出很多，落在胸膛上。

"啊呀！把胸膛弄脏了！"

"什么？胸膛！"

妃子立刻醒悟了，粉红色的脸变成灰色，颤颤抖抖地说："不，不是；是衣服脏了……"

"改口也没有用！说我没穿衣服，好！你愚笨，你不忠心，你犯法了！"皇帝很气愤，回头吩咐侍臣："把她送到行刑官那里去。"

又一个是很有学问的大臣。他虽然也勉强随着同伴练习那种本领，可是一看见皇帝一丝不挂地坐在宝座上，就觉得像个去了毛的猴子。他总怕什么时候不小心，笑一声或说错一句话，丢了性命。所以他假说要回去侍奉年老的母亲，向皇帝辞职。

皇帝说："这是你的孝心，很好，我准许你辞职。"

大臣谢了皇帝，转身下殿，好像肩上摘去五十斤的大枷，心里非常痛快，不觉自言自语地说："这回可好了，再不用看不穿衣服的皇帝了。"

皇帝听见仿佛有"衣服"两个字，就问下面伺候的臣子："他说什么啦？"

臣子看看皇帝的脸色，很严厉，不敢撒谎，就照实说了。

皇帝的怒气像一团火喷出来："好！原来你是不愿意看见我，才想回去——那你就永远也不用想回去了！"他立刻吩咐侍臣："把他送到行刑官那里去。"

经过这两件事以后，无论在朝廷或后宫，人们都更加谨慎了。

可是一般人民没有妃子和群臣那样的本领，每逢皇帝出来，看到他那装模作样的神气，看到他那干柴一样的身体，就忍不住要指点、要议论、要笑，结果就引起残酷的杀戮。皇帝祭天的那一回，被杀的有三百多人；大阅兵的那一回，被杀的有五百多人；巡行京城的那一回，因为经过的街道多，说笑的人更多，被杀的竟有一千多人。

人死得太多，太惨，一个慈心的老年大臣非常不忍，就想设法阻止。他知道皇帝是向来不肯认错的；你越要说他错，他越说不错，结果还是你自己吃亏。妥当的办法是让皇帝自愿地穿上衣服；能够这样，说笑没有了，杀戮的事情自然也就没有了。他一连几夜没睡觉，想怎么样才能让皇帝自愿地穿上衣服。

办法最后算是想出来了。那位老臣就去朝见皇帝，说："我有个最忠心的意见，愿意告诉皇帝。您向来喜欢新衣服，这非常对。新衣服穿在身上，小到一个纽扣都放光，你就更显得尊严、更显得荣耀。可是近来没见您做新衣服，准是国家的事情多，所以忘了吧？您身上的这套有点儿旧了，还是叫缝工另做一套，赶紧换上吧！"

"旧了？"皇帝看看自己的胸膛和大腿，又用手上上下下摸一摸，"没有的事！这是一套神奇的衣服，永远不会旧。我要永远穿这一套，你没听见我说过吗？你让我换一套，是想叫我难看，叫我倒霉。就看在你向来还不错，年纪又大了，不杀你；去住监狱吧！"

那老臣算是白抹一鼻子灰，杀人的事情还是一点儿也没减少。并且，皇帝因为说笑总不能断，心里很烦恼，就又规定一条更严厉的法律。这条法律是这样的：凡是皇帝经过的时候，人民一律不准出声音；出声音，不管说的是什么，立刻捉住杀掉。

这条法律宣布以后，一般老成人觉得这太过分了，说，讥笑治罪固然可以，怎么小声说说别的事情也算犯罪，也要杀死呢？大伙就聚集到一起，排成队，走到皇宫前，跪在地上，说有事要见皇帝。

皇帝出来了，脸上有点儿惊慌，却装作镇静，大声喊："你们来干什么！难道要造反吗？"

一般老成人头都不敢抬，连声说："不敢，不敢。皇帝说的那样的话，我们做梦也不敢想。"

皇帝这才放下心，样子也立刻像是威严高贵了。他用手摸摸其实并没有的衣襟，又问："那么你们是来做什么呢？"

"我们请求皇帝，给我们言论自由，给我们嬉笑自由。那些胆敢说皇帝、笑皇帝的，的确是罪大恶极，该死，杀了一点儿也不冤枉。可是我们决不那样，我们只要言论自由，只要嬉笑自由。请皇帝把新定的法律废了吧！"

　　皇帝笑了笑，说："自由是你们的东西吗？你们要自由，就不要做我的人民；做我的人民，就得遵守我的法律。我的法律是铁的法律。废了？吓，哪有这样的事！"他说完，就转过身走进去。

　　一般老成人不敢再说什么。过了一会儿，有几个人略微抬起头来偷看，原来皇帝早已走了；没有办法，大家只好回去。从此以后，大家就改变了主意，只要皇帝一出来，就都关上大门坐在家里，谁也不再出去看。

　　有一天，皇帝带着许多臣子和护卫的兵士到离宫去。经过的街道，空空荡荡的，没有一个人；家家的门都关着。大街上只有嚓、嚓、嚓的脚步声，像夜里偷偷地行军一样。

　　可是皇帝还是疑心，他忽然站住，歪着头细听。人家的墙里像是有声音，他严厉地向大臣们喊："没听见吗！"

　　大臣们也立刻歪着头细听，赶紧瑟缩地回答：

　　"听见啦，是小孩子哭。"

　　"还有，是一个女人唱歌。"

　　"有笑的声音——像是喝醉了。"

　　皇帝的怒火又爆发了，用申斥的口气向大臣们说："一群没用的东西！忘了我的法律啦？"

　　大臣们连声答应几个"是"，转过身就命令兵士，把里面有声音的门都打开，不论男女，不论大小，都抓出来，杀。

没想到的事情发生了。兵士打开很多家的大门，闯进去捉人；这许多家的男男女女、大大小小就一拥跑出来。他们不向四处逃，却一齐扑到皇帝的跟前，伸手撕皇帝的肉，嘴里大声喊："撕掉你的空虚的衣裳！撕掉你的空虚的衣裳！"

这真是从来没见过的又混乱又滑稽的场面。男人的健壮的手拉住皇帝的枯枝般的胳膊，女人的白润的拳打在皇帝的黑黄的胸膛上，有两个孩子也挤上来，一把就揪住皇帝腋下的黑毛。人围得风雨不透，皇帝东窜西撞，都被挡回来；他又想蹲下，学刺猬，缩成一个球，可是办不到。最不能忍的是腋下痒得难受，他只好用力夹胳膊，可是也办不到。他急得缩脖子，皱眉，掀鼻子，咧嘴，简直难看透了，惹得大家哈哈大笑。

兵士从各家回来，看见皇帝那副倒霉的样子，活像被一群马蜂蜇得没办法的猴子，也就忘了他往常的尊严，随着大家哈哈笑起来。

大臣们呢，起初本来有些惊慌的，听见兵士笑了，又偷偷看看皇帝，也忍不住哈哈笑起来。

笑了一会儿，兵士和大臣们才忽然想到，原来自己也随着人民犯了法。以前人民笑皇帝，自己帮皇帝处罚人民，现在自己也站在人民一边了。看看皇帝，身上红一块，紫一块，哆嗦成一团，活像被水淋过的鸡，的确是好笑。好笑的就该笑，皇帝却不准笑，这不是浑蛋法律吗？想到这里，他们也随着人民大声喊："撕掉你的空虚的衣裳！撕掉你的空虚的衣裳！"

你猜皇帝怎么样？他看见兵士和大臣们也倒向人民那一边，不再怕他，就像从天上掉下一块大石头砸在头顶上一样，身体一软就瘫在地上。

1930 年 1 月 20 日发表

| 小感悟 |

这则故事是童话大师安徒生所写的《皇帝的新衣》的续篇。如果说安徒生笔下的皇帝是荒唐可笑的，那么在叶圣陶笔下，这个皇帝变得更加暴戾、专制，令人痛恨。一个谎言要用一百个谎言去弥补。然而，谎言就是谎言，即使诉诸暴力和强权也无法令人信服。结果呢，不肯承认上当受骗的皇帝，为了空虚的面子，付出了代价。

含羞草

　　一棵小草跟玫瑰是邻居。小草又矮又难看，叶子细碎，像破梳子，茎瘦弱，像麻线，站在旁边，没一个人看它。玫瑰可不同了，绿叶像翡翠雕成的，花苞饱满，像奶牛的乳房，谁从旁边过，都要站住细看看，并且说："真好看！快开了。"

　　玫瑰花苞里有一个，仰着头，扬扬得意地说："咱们生来是玫瑰花，太幸运了。将来要过什么样的幸福生活，现在还不能定下来，咱们先谈谈各自的愿望吧。春天这么样长，闷着不谈谈，真有点儿烦。"

　　"我愿意来一回快乐的旅行，"一个脸色粉红的花苞抢着说，"我长得漂亮，这并不是我自己夸，只要有眼睛的就会相信。凭我这副容貌，我想跟我一块儿去的，不是阔老爷，就是阔小姐。只有他们才配得上我呀。他们的衣服用伽南香熏过，还洒上很多巴黎的香水，可是我蹲在他们的衣襟上，香味最浓、最新鲜，真是压倒一切，你说这是何等的荣耀！车，不用说，当然是头等。椅子呢，是鹅绒铺的，坐上去，软绵绵的，真是舒服得不得了。窗帘是织锦的，上边的花样是有名的画家设计的。放下窗帘，你可以欣赏那名画，并且，车里的光线那么柔和，睡一会儿午觉也正好。要是拉开窗帘，那就更好了，窗外边清秀的山林，碧绿的田野，在那里飞，飞，飞，转，转，转。这样舒服的旅行，我想是最有意思的了。"

"你想得很不错呀！"好些玫瑰花苞在暖暖的春天本来有点儿疲倦，听它这么一说，精神都来了，好像它们自己已经蹲在阔老爷、阔小姐的衣襟上了，正坐在头等火车里作快乐的旅行。

可是左近传来轻轻的、慢慢的声音："你要去旅行，这确实很有意思，可是，为什么一定要蹲在阔老爷、阔小姐的衣襟上呢？你就不能谁也不靠，自己想怎么着就怎么着吗？并且，你为什么偏看中了头等车呢？一样是坐火车，我劝你坐四等车。"

"听，谁在哪儿说怪话？"玫瑰花苞们仰起头看，天青青的，灌木林里只有几个蜜蜂嗡嗡地飞，鸟儿一个也没有，大概是到树林里玩耍去了——找不到那个说话的。玫瑰花苞们低下头，一看，明白了，原来是邻居小草，正抬着头，摇摆着身子，像是一个辩论家，正在等对方的答复。

"头等车比四等车舒服，我当然要坐头等车。"愿意旅行的那个玫瑰花苞随口说。说完，它又想，像小草这么卑贱的东西，怎么能懂得什么叫舒服，非给它解释一下不可。它就用教师的口气说："舒服是生活的尺度，你知道吗？过得舒服，生活才算有意义；过得不舒服，活一辈子也是白活。所以吃东西就要山珍海味，穿衣服就要绫罗绸缎。吃杂粮，穿粗布，自然也可以将就活着，可是，有吃山珍海味、穿绫罗绸缎舒服吗？当然没有。就为这个，我就不能吃杂粮，穿粗布。同样的道理，四等车虽然也可以坐着去旅行，可我看不上。座位那么脏，窗户那么小，简直得憋死。你倒劝我去坐四等车，你这是什么心？"

小草很诚恳地说："哪样舒服，哪样不舒服，我也不是不明白，只是，咱们来到这世界，难道就专为求舒服吗？我以为不见得，并且不应该。咱们不能离开同伴，自个儿过日子。并且，自己舒服了，看见旁边有好些同伴正在受罪，又想到就因自己舒服了它们才受罪，舒服正是罪过，这时候舒服还能不变成烦恼吗？知道是罪过，是烦恼，还有人肯去做吗？求舒服，想吃好的，穿好的，用好的，都是不知道反省、不知道自己的行为是罪过的人做的。"

愿意旅行的那个玫瑰花苞冷笑了一声，一副很看不起的样子，说："照你这么说，大家挤在监狱似的四等车里去旅行，才是最合理啦！那么，最舒服的头等车当然用不着了，只好让可怜的四等车在铁路上跑来跑去了，这不是退化是什么！你大概还不知道，咱们的目的是世界走向进化，不是走向退化。"

"你居然说到进化！"小草也冷笑一声，"我真忍不住笑了。你自己坐头等车，看着别人像猪羊一样在四等车里挤，这就算是走向进化吗？照我想，凡是有一点儿公平心的，它也一样盼望世界进化，可是在大家不能都有头等车坐的时候，它就宁可坐四等车。四等车虽然不舒服，比起亲自干不公平的事情来，还舒服得多呢。"

"嘘！嘘！嘘！"玫瑰花苞们嫌小草讨厌，像戏院的观众对付坏角色一样，想用声音把它轰跑，"无知的小东西，别再胡说了！"

"咱们还是说说各自的希望吧。谁先说？"一个玫瑰花苞提醒大家。

"我愿意在赛花会里得第一名奖赏。"说话的是一朵半开的玫瑰花，它用柔和的颤音说，故意显出娇媚的样子，"在这个会上，参加比赛的没有凡花野花，都是世界上第一等的，稀有的，还要经过细心栽培，细心抚养，一句话，完全是高等生活里培养出来的。在这个会上得第一名奖赏，就像女郎当选全世界的头一个美人一样，真是什么荣耀也比不上。再说，会上的那些裁判员，没一个是一知半解的，他们学问渊博，有正确的审美标准，知道花的姿势怎么样才算好，颜色怎么样才算好，又有历届赛花会的记录做参考，当然一点儿也不会错。他们判定的第一名，是地地道道的第一名，这是多么值得骄傲。还有呢，彩色鲜明、气味芬芳的会场里，挤满了高贵的、文雅的男女游客，只有我，站在最高的紫檀几上的古瓷瓶里，在全会场的中心，收集所有的游客的目光。看吧，爱花的老翁拈着胡须向我点头了，华贵的阔佬挺着肚皮向我出神了，美丽的女郎也冲着我，由红唇缝里露出微笑了。我，这时候，简直快活得醉了。"

"你也想得很不错呀！"好些玫瑰花苞都一致赞美。可是想到第一名只能有一个，就又都觉得第一名应该归自己，不应该归那个半开的：不论比种族、比生活、比姿势、比颜色，自己都不在那个半开的以下。

但是那个好插嘴的小草又说话了，态度还是很诚恳的："你想上进，比别人强，志气确是不错。可是，为什么要到赛花会里去争第一名呢？你不能离开赛花会，显显你的本事吗？并且，你为什么这样相信那些裁判员呢？依我说，同样的裁判，我劝你宁可相信乡村的庄稼佬。"

"你又胡说！"玫瑰花苞们这回知道是谁说话了，低下头看，果然还是那邻居的小草，正抬着头，摇摆着身子，在那里等着答复。

愿意得奖的玫瑰花苞歪着头，一副很看不起的样子，自言自语地说："相信庄稼佬的裁判？太可笑了！不论什么事，都有内行，有外行，外行夸奖一百句，不着边儿，不如内行的一句。我不是说过吗，赛花会上那些裁判员，有学问，有标准，又有丰富的参考，对于花，他们当然是百分之百的内行，为什么不相信他们的裁判呢？"它说到这里，心里的骄傲压不住了，就扭一扭身子，显显漂亮，接着说："如果我跟你这不懂事的小东西摆在一起，他们一定选上我，踢开你。这就证明他们有真本领，能够辨别什么是美，什么是丑。为什么不相信他们的裁判呢？"

"我并不想跟你比赛，抢你的第一名，"小草很平静地说，"不过你得知道，你们以为最美丽的东西，不过是他们看惯了的东西罢了。他们看惯了把花朵扎成圆平面的菊花，看惯了枝干弯曲得不成样子的梅花，就说这样的花最美丽。就说你们玫瑰吧，你们的祖先也这么臃肿吗？当然不是。也因为他们看惯了臃肿的花，以为臃肿就是美，园丁才把你们培养成这样子，你还以为这是美丽吗？什么爱花的老翁，华贵的阔佬，美丽的女郎，还有有学问、有标准的裁判员，他们是一伙儿的，全是用习惯代替辨别的人物。让他们夸奖几句，其实没有什么意思。"

愿意得奖的玫瑰花苞生气了，噘着嘴说："照你这么一说，赛花会里就没一个人能辨别啦？难道庄稼佬反倒能辨别吗？只有庄稼佬有辨别的眼光，咳！世界上的艺术真算完了！"

"你提到艺术，"小草不觉兴奋起来，"你以为艺术就是故意做成歪斜屈曲的姿势，或者高高地站在紫檀几上的古瓷瓶里吗？依我想，艺术要有活跃的生命，真实的力量，别看庄稼佬……"

"不要听那小东西乱说了，"另一个玫瑰花苞说，"看，有人买花来了，咱们也许要离开这里了。"

来的是个肥胖的厨子，胳膊上挎着个篮子，篮子里盛着割破脖子的鸡，腮一起一落的要死的鱼，还有一些青菜和莴苣。厨子背后跟着个弯着腰的老园丁。

老园丁举起剪刀，咔嚓咔嚓，剪下一大把玫瑰花苞。这时候，有个蜜蜂从叶子底下飞出来，老园丁以为它要蜇手，一袖子就把它拍到地上。

剪下来的玫瑰花苞们一半好意，一半恶意，跟小草辞别，说："我们走了，荣耀正在等着我们。你自个儿留在这里，也许要感到寂寞吧？"它们顺手推一下小草的身体，算是表示恋恋不舍的感情。

一阵羞愧通过小草的全身，破梳子般的叶子立刻合起来，并且垂下去，正像一个害羞的孩子，头低下，胳膊也垂下去。它替无知的、庸俗的玫瑰花苞们羞愧，明明是非常无聊，它们却以为十分光荣。

过了一会儿，它忽然听见一个低微的嗡嗡的声音，像病人的呻吟。它动了怜悯的心肠，往四下里看看，问："谁哼哼哪？碰见什么不幸的事情啦？"

"是我，在这里。我被老园丁拍了一下，一条腿受伤了，痛得很厉害。"声音是从玫瑰丛下边的草里发出来的。

小草往那里看，原来是一只蜜蜂。它很悲哀地说："腿受伤啦？要赶紧找医生去治，不然，就要成瘸子了。"

"成了瘸子，就不容易站在花瓣上采蜜了！这还了得！我要赶紧找医生去。只是不知道什么地方有医生。"

"我也不知道——喔，想起来了，常听人说'药里的甘草'，甘草是药材，一定知道什么地方有医生。隔壁有一棵甘草，等我问问它。"小草说完，就扭过头去问甘草。

甘草回答说，那边大街上，医生多极了，凡是门口挂着金字招牌，上边写某某医生的都是。

"那你就快到那边大街上，找个医生去治吧！"小草催促蜜蜂说，"你还能飞不能？要是还能飞，你要让那只受伤的腿蜷着，以防备再受伤。"

"多谢！我就照你的话办。我飞是还能飞，只是腿痛，连累得翅膀没力气。忍耐着慢慢飞吧。"蜜蜂说完，就用力扇翅膀，飞走了。

小草看蜜蜂飞走了，心里还是很惦记它，不知道能不能很快治好，如果十天半个月不能好，这可怜的小朋友就要耽误工作了。它一边想，一边等，等了好半天，才见蜜蜂哭丧着脸飞回来，翅膀像是断了的样子，歪歪斜斜地落下来，受伤的腿照旧蜷着。

"怎么样？"小草很着急地问，"医生给你治了吗？"

"没有。我找遍了大街上的医生，都不肯给我治。"

"是因为伤太重，他们不能治吗？"

"不是。他们还没看我的腿，就跟我要很贵的诊费。我说我没有钱，他们就说没钱不能治。我就问了：'你们医生不是专给人家治病的吗？我受了伤为什么不给治？'他们反倒问我：'要是谁有病都给治，我们真是吃饱了没事做吗？'我就说：'你们懂得医术，给人治病，正是给社会尽力，怎么说吃饱了没事做呢？'他们倒也老实，说：'这种力我们尽不了，你把我们捧得太高了。我们只知道先接钱，后治病。'我又问：'你们诊费诊费不离口，金钱和治病到底有什么分不开的关系呢？'他们说：'什么关系？我们学医术，先得花钱，目的就是现在给人治病挣更多的钱。你看金钱和治病的关系怎么能分开？'我再没什么话跟他们说了，我拿不出诊费，只好带着受伤的腿回来。朋友，我真没想到，世界上有这么多医生，却不给没钱的人治病！"蜜蜂伤感极了，身体歪歪斜斜的，只好靠在小草的茎上。

又是一阵羞愧通过小草的全身，破梳子般的叶子立刻合起来，并且垂下去，正像一个害羞的孩子，头低下，胳膊也垂下去。它替不合理的世间羞愧，有病走进医生的门，却又被拒绝的事情。

没多大工夫，一个穿短衣服的男子来了，买了小草，装在盆里带回去，摆在屋门前。屋子是草盖的，泥土打成的墙，没有窗，只有一个又矮又窄的门。从门往里看，里边一片黑。这屋子附近，还有屋子，也是这个样子。这样的草屋有两排，面对面，当中夹着一条窄街，满地是泥，脏极了，苍蝇成群，有几处还存了水。水深黑色，上边浮着一层油光，仔细看，水面还在轻轻地动，原来有无数孑孓在里边游泳。

小草正往四处看，忽然看见几个穿制服的警察走来，叫出那个穿短衣服的男子，怒气冲冲地说："早就叫你搬开，为什么还赖在这里？"

"我没地方搬哪！"男子愁眉苦脸地回答。

"胡说！市里空房子多得很，你不去租，反说没地方搬！"

"租房子得钱，我没钱哪！"男子说着，把两只手一摊。

"谁叫你没钱！你们这些破房子最坏，着了火，一烧就是几百家，又脏，闹瘟疫，不知道要害多少人。早就该拆。现在不能再容让了，这里要建筑壮丽的市场，后天开工。去，去，赶紧搬，赖在这里也没用！"

"往哪儿搬！叫我搬到露天去吗？"男子也生气了。

"谁管你往哪儿搬！反正得离开这儿。"说着，警察就钻进草屋，紧接着一件东西就从屋里飞出来，掉在地上，嘭！是一个饭锅。饭锅在地上连转带跑，碰着了小草的盆子。

又是一阵羞愧通过小草的全身，破梳子般的叶子立刻合起来，并且垂下去，正像一个害羞的孩子，头低下，胳膊也垂下去。它替不合理的世间羞愧，要建筑壮丽的市场，却又不管人家住在什么地方的事情。

这小草，人们叫它"含羞草"，可不知道它羞愧的是上边讲的一些事情。

1930 年 2 月 20 日发表

| 小感悟 |

一株不起眼的含羞草，却是世界上最富有同情心的。一株小草尚且懂得为无情、无知、不合理的世间而羞愧，生而为人却不知，这才是最令人羞愧的事。

慈儿

慈儿是一家富裕人家的孩子。他出生的时候，厨房里正在杀一头猪，猪被捆在屠凳上，用撕裂一般的声音喊叫。这声音传到初生婴儿的耳朵里，婴儿就哇哇地哭起来。父亲说他不忍心听那凄惨的声音，倒是个心地慈善的孩子，就给他取名"慈儿"。还吩咐厨夫把那头猪放了，永远不杀它，作为慈儿初次表露他的心地慈善的纪念。

慈儿渐渐长大起来，的确心地慈善。他看到昨天在园里逍遥的鸡，今天仰卧在菜碗里，无论如何不忍下筷子吃它；吃鱼先要问清楚买来时是活的还是死的，如果是死的，他才举筷子，因为它本来就死了，并不是为他死的。家里人知道他这脾气，专弄些精美的、滋补的素菜给他吃，不叫他吃死鱼，怕死鱼有毒；同时赞扬他的慈善心肠，当作一件宝贵的新闻向各处传播。慈儿这就出了名，认识他的人都称他"小慈善家"。

　　一天，天气很好，他从公园出来，心情非常愉快。他嘴里哼着母亲教给的歌曲，那歌曲是赞美春天的光明的，最适合当前的情景。

　　轻云露笑窝，

　　轻风漾碧波。

　　"小官人，做做好事吧！可怜我残疾！可怜我只有一条腿！"

　　慈儿听到这不愉快的声音就停住了歌唱，他瞧见柳树下有个一条腿的老乞丐，一双哀求的眼睛直看着他，两腋下各支着一根烂木头，向前伸的手不停地颤动着。——多么伤心的一幅图画呀！

　　世界上怎会有这样的人！慈儿觉得可爱的春天忽然变了，轻云好像愁惨的浓雾，轻风好像严酷的狂飙，新发芽的柳条儿也似乎枯黄了。看那老乞丐的干瘦的脸，好像几十年不曾吃饱；而且只有一条左腿，单是躺下去爬起来就很不方便。支撑的木头为什么不能换两根结实干净点儿的呢？总之，从蓬乱的黄发直到沾满了泥的足趾，他没有一处不可怜，没有一处不表现出这个世界的羞耻。

　　一番感动的结果是给钱。慈儿遇见乞丐总要给钱的，眼前的一个不同寻常，要多给一点儿才能使心里稍稍安适一点儿。他就把带在身边的两块钱都拿了出来，像奉献礼物一般给了那老乞丐，还说："身边只带着这点儿钱，请您收下吧！"他对乞丐一向这般恭敬，他相信如果带着傲慢的神态给钱，比不给钱还要卑鄙，还要可恶。

两枚光亮的银圆落在乌黑的手心里，那手忽然抖动得非常厉害，似乎承受不住的样子，满脸都是疑惑和感激的表情。老乞丐颤声说："谢谢你。小官人，我从来没遇见过你这样的好人，我一辈子都感激你！"他那双眼睛霎地发亮，像花儿开放似的，绽出两颗泪珠来。

"这没有什么。"慈儿又端详了老乞丐一眼，转身就走。

他一边走路，一边回味那出自真心的感谢，和那像花儿开放似的绽出来的泪珠。他好像得了珍宝似的，高兴极了。再看上下四方，春天仍然是那样可爱，他又唱起歌来：

　　轻云露笑窝，
　　轻风漾碧波。

"你慢高兴。这算不得什么真正的慈善行为。慈善行为须往根底里追究，往根底里做去！"

慈儿回转头看，只见行人各自走各自的路，没有人跟他讲话。但是他确实听到了这些话，分明带着严峻的调子。是谁在说话呢？

他站住了，不再考求这话是谁说的，只仔细辨认"往根底里追究，往根底里做去"的意思，跟碰上了算学难题一个样。忽然好像有一线光通过他的头脑，他悟到了解答这道难题的门径。他急忙回转身，走到刚才那棵柳树下，还好，独腿的老乞丐还没有离开那里。

他走近去，亲切地说："我想问你一句话，请你回答我。"

"呀，小官人，你又回来了！你尽管问，我能够回答的，我都回答。"

"你的那条腿怎么失去的？我只问你这一句。"

"没想到你会问起我那条腿来！"老乞丐显出伤心的神色，"我那条腿失去几十年了，从来没有人问起它，我也早把它给忘了！经你这么一提，使我回想起我从前确实还有一条腿！"

慈儿听老乞丐这样说，觉得很抱歉。他握着他枯瘦的手臂说："请原谅我，我不该勾起你的悲伤。"

"那不要紧，悲伤原是我的家常便饭。我告诉你，我那条腿是在'六年战役'里失去的。一颗枪弹飞来，咻地中在我的腿上。我醒来的时候知道腿骨断了，只好截去了。剩下了一条腿不能再冲锋陷阵，我就不再当兵，做了现在这行业。"

慈儿听到这里，觉得刚才给他两块钱对于他来说太于事无补了。这个可怜的老人，应该把他留养在家里才是。父亲是很好讲话的，说不定能容许这样办。

老乞丐又说了："小官人，像我这样的人多得很，没有什么稀奇。也有失了臂膀的，也有伤了内脏的，总之是退出来了，做这在路旁伸手的买卖！"

"你说很多人都跟你一样吗？"慈儿非常惊骇。

"大概有十万人，数目可不算小。"

慈儿的计划被打得粉碎了，即使父亲容许收留这个老乞丐，还有许多的人分散在各处，在路旁做伸手的买卖，能把他们全都收留下来吗？就说能，保不定还会有第二回"六年战役"，还会有第二批十万人要落到这样的下场。慈儿一直"往根底里追究"，想到根底就是"六年战役"，于是他问："'六年战役'是怎么一回事呢？"

老乞丐脸上忽然呈现出光荣的神采。他把右手的拇指竖了起来，对慈儿说："人家都这么说，那是为正义！敌人太没有道理，不能不用战争去制服他们。"

"缘由就是这样吗？"

"当然啰，你不论问谁，没有一个不这样回答你的。"

"谢谢你告诉了我这许多事儿！"慈儿放开握住老乞丐手臂的手，带着一肚子的不高兴走回家去。他本想收留那老乞丐，可是这样的人太多了，没法全都收留，为公平，只好忍心放弃了那老乞丐；可是对老乞丐，总觉得负了一重罪孽。慈儿没有心思再观看四周的景物还像不像个可爱的春天了。

他到了家里，跑进父亲的书室，第一句就问："'六年战役'是怎么一回事？爸爸，请你告诉我。"

父亲捻着髭①须笑着说："你在研究历史么？你这样好学使我很喜欢！'六年战役'完全为着正义！敌人太没有道理，不能不用战争去制服他们。"

"噢！"慈儿点头信服，父亲的口吻和字眼，跟老乞丐的竟如此地相同。但是他又产生了新的疑问："正义固然好，难道只剩一条腿也是好的吗？"

父亲指着挂在墙上的画像继续说："凡是主张正义的人都参加了'六年战役'。你祖父捐出了许多许多钱充作军需，咱们一边才得到了最后的胜利。历史上记载着这件大事，谁都知道你祖父，谁都崇拜你祖父。孩子，对他的画像行个礼吧。你应该知道，你是这位伟大人物的孙子。"

慈儿向画像行了礼，仔细看画上的祖父。丰满的脸庞，突起的颧颊，眼睛有摄住别人的光耀，须发全白，很

---

① 髭（zī）：嘴上边的胡子。

浓，像刚劲的金属丝；是一个威严的不大容易亲近的老人。他"主张正义""捐出许多许多钱""得到最后的胜利"，慈儿想，这些都值得崇拜，但是十万人丢了胳膊少了腿，伤了内脏，又该怎么说呢？

"爸爸，我刚才遇见一个老乞丐，说是参加过'六年战役'的，可怜得很，他失掉了一条腿！"

"他也是为着正义呀！为着正义去冲锋陷阵，虽死而无怨。"

慈儿还是疑惑，为什么老乞丐说起那条失去的腿，还是非常悲伤呢？他不再问父亲，把这个问题记在心里。

从此他时时想起那个独腿的老乞丐，连带想到祖父，因为他们俩同样地参加过正义的"六年战役"，但是后来的结局彼此大不相同：一个很得意，从画像上就可以看出来；一个却潦倒悲伤，在路旁做伸手的买卖。慈儿想不透这中间的所以然，就时常去看祖父的画像。他用明澈的眼睛凝望着画像，希望画像会告诉他一些什么。

一天，父亲出去了，慈儿又到书室中看祖父的画像，忽然"啪嗒"一声，那幅画像落了下来，使他大吃一惊。

托板跟框子脱离了，画布褶皱了，许多油彩的碎屑落在地上，还有一本薄薄的书摊在框子旁边。

慈儿觉得奇怪，画像的框子里怎么会有一本书，他就拾起来看。书上的字写得很大，一页至多四五行，一团一

团的，像陈列着拍死的蟑螂。他从头看下去。

　　大块的荒地，周围五百里，开垦起来利益多么大。

　　本来是荒地，无主的，谁都可以拿。谁拿到手，谁就占便宜，那是当然的。

　　他们要先下手了，理由是那荒地连接他们的境界。这是什么话！有我们在呢，他们竟把我们看作不懂事的小孩子！

　　这种侮辱不能忍受！我们用"正义"这个口号跟他们斗一下吧，战争！战争！

　　这里有一页空白，翻过了看次页，字迹更加潦草，可以看出是在慌忙中写的。

　　战争延长了五年，没有必胜的把握。我们的人死得不少。这倒不打紧，死一批可以再招一批。只是军需不足，吃用渐见困乏，最可忧虑。

　　待我算一算。如果我们失败了，荒地既得不到，还许失掉所有的一切。如果我投一注大资本，让我们胜了，保住了现有的自不必说，我是大股东，还可分得大部分的荒地。

就是瞎子也会走后面的一条路。

决意捐出全部家产的十分之九！一点儿一点儿搜刮，积成这份家产虽然不容易，但是在这样的生死关头，也不能不演出这样的壮举。

以下的字特别大：

胜利！胜利！最后胜利属于我们。

庆祝大会。被人家高高举起，在大路上游行。

大家说没有我，就没有这一回的胜利。

大部分的荒地划归我大股东，要添养不知多少的奴才才能把荒地经营好。

除夕，结算今年出入的总账，利润是破天荒的。

我高兴极了，我投资的眼光竟这样准。

慈儿读罢，如梦方醒，祖父自己写的《六年战役史》原来是这样的！祖父当然要得意，乞丐当然要潦倒悲伤了。

给老乞丐的两块钱是父亲给的，父亲的钱是祖父传下来的，祖父的钱是老乞丐一班人代他挣来的。靠了人家的一条腿，挣来了许多的钱，从这中间取出两块钱来还给人家，能算做了慈善事业吗？

"往根底里做去！"不知谁说的这句话在他的心头闪现。慈儿恍然解悟，他知道真实的慈善事业该从哪一方向着手了。

1930 年 12 月 31 日写毕

| 小感悟 |

慈儿是个心地善良的孩子，他本以为慈善就是给老乞丐两个钱儿。然而，老乞丐的话让他开始思考。最后，他发现了战争的真正模样，发现了祖父的秘密。"慈善行为须往根底里追究，往根底里做去！"他明白了什么是真正的慈善，更明白了未来的方向。

百灵搬家

百灵住在麦丛里，非常安逸。

一天，她要出去觅食，吩咐她的孩子们说："我出去了。你们在家里要当心呀。"说完，她飞走了。

没过多久，农夫来了，望着麦田说："麦子熟了，请邻居来帮我收割吧。"

百灵回来，孩子们就把农夫说的话告诉了她。

百灵说："担什么心？我们住在这里就是了。"

第二天，百灵出去觅食的时候，农夫又来了。望着麦田说："明天请亲戚来帮我收割吧。"

百灵回来，孩子们立刻告诉了她。

百灵说："还不用担心。我们还可以住在这里。"

第三天，农夫又来了。他自言自语地说："我为什么要请别人来帮忙呢？明天自己动手吧。"

这一回，百灵回来，听孩子们把农夫的话告诉了她。

她说："农夫不再想依靠别人了，明天一定会来收割的。我们搬家吧。"

百灵就带着她的孩子们搬到别处去了。

1934年写毕　选自开明初小国语课本第六册

| 小感悟 |

百灵妈妈有一双善于观察的眼睛，可以洞察人心。为什么当她听说农夫要自己动手收割麦子的时候，就动身搬家了呢？因为她清楚地知道，依靠别人不如依靠自己，依靠别人的人最终只会变得无所依靠。当一个人放弃对他人的依赖，决定自立、自强的时候，才会真正的强大。常言道："自己动手，丰衣足食。"任何时候，都请记得，依靠自己才是唯一的出路。

"鸟言兽语"

一只麻雀和一只松鼠在一棵柏树上遇见了。

松鼠说："麻雀哥，有什么新闻吗？"

麻雀点点头，说："有，有，有。新近听说，人类瞧不起咱们，说咱们不配像他们一样张嘴说话，发表意见。"

"这怎么说的？"松鼠把眼睛眯得挺小，显然正在仔细想，"咱们明明能够张嘴说话，发表意见，怎么说咱们不配呢？"

麻雀说："我说得太简单了。人类的意思是他们的说话高贵，咱们的说话下贱，差得太远，不能相比。他们的说话值得写在书上，刻在碑上，或者用播音机播送出去，咱们的说话可不配。"

"你这新闻从哪儿来的？"

"从一个教育家那里。昨天我飞出去玩，飞到那个教育家的屋檐前，看见他正在低头写文章。看他的题目，中间有'鸟言兽语'几个字，我就注意了。他怎么说起咱们的事情呢？不由得看下去，原来他在议论人类的小学教科书。他说一般小学教科书往往记载着'鸟言兽语'，让小学生跟鸟兽做伴，这怎么行！他又说许多教育家都认为这是人类的堕落，小学生净念'鸟言兽语'，一定弄得思想不清楚，行为不正当，跟鸟兽没有分别。最后，他说小学教科书一定要完全排斥'鸟言兽语'，人类的教育才有转向光明的希望。"

松鼠举起右前腿搔搔下巴，说："咱们说咱们的话，原不预备请人类写到小学教科书里去。既然写进去了，却又说咱们的说话没有这个资格！要是一般小学生将来真就思想不清楚，行为不正当，还要把责任算在咱们的账上呢。人类真是又糊涂又骄傲的东西！"

"我最生气的是那个教育家不把咱们放在眼里。什么叫'让小学生跟鸟兽做伴，这怎么行'！什么叫'一定弄得思想不清楚，行为不正当，跟鸟兽没有分别'！人类跟咱们做伴，就羞辱了他们吗？咱们的思想就特别不清楚，行为就特别不正当吗？他们的思想就样样清楚，行为就件件正当吗？"麻雀说到这里，胸脯挺得高高的，像下雪的时候对着雪花生气的那个样子。

松鼠天生是聪明的，它带着笑容安慰麻雀说："你何必生气？他们不把咱们放在眼里，咱们可以还敬他们，也不把他们放在眼里。什么事情都得切实考察，才能够长进知识，增多经验。我现在想要考察的是人类的说话是不是像他们想的那么高贵，究竟跟咱们的'鸟言兽语'有怎样的差别。"

"只怕比咱们的'鸟言兽语'还要下贱，还要没有价值呢！"麻雀还是那么气愤愤的。

"麻雀哥，你这个话未免武断了。评论一件事情，没找到凭据就下判断，叫武断。这是不妥当的，我希望你不要这样。咱们要找凭据，最好是到人类住的地方去考察一番。"

"去，去，去，"麻雀拍拍翅膀，准备起程，"我希望此去找到许多凭据，根据这些凭据，咱们在咱们的小学教科书里写，世间最下贱、最没价值的是'人言人语'，咱们鸟兽说话万不可像人类那样！"

"你的气还是消不了吗？好，咱们起程吧。你在空中飞，我在树上、地上连跑带跳，咱们的快慢可以差不多。"

麻雀和松鼠立刻起程，经过密密簇簇的森林，经过黄黄绿绿的郊野，到了人类聚集的都市，停在一座三层楼的屋檐上。

都市的街道上挤着大群的人，只看见头发蓬松的头汇合成一片慢慢前进的波浪，也数不清人数有多少。走几步，这些人就举起空空的两只手，大声喊："我们有手，我们要工作！"一会儿又拍着瘪瘪的肚皮，大声喊："我们有肚子，我们要吃饭！"全体的喊声融合成一个声音，

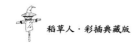
非常响亮。

听了一会儿，松鼠回头跟麻雀说："这两句'人言人语'并不错呀。有手就得工作，有肚子就得吃饭，这不是顶简单、顶明白的道理吗？"

麻雀点点头，正要说话，忽然看见下边街道上起了骚动。几十个穿一样衣服的人从前边跑来，手里拿着白色短木棍，腰里别着黑亮的枪，到大群人的跟前就散开，举起短木棍乱摇乱打，想把大群人赶散了。可是那大群人并没散开，反倒挤得更紧了，头汇合成的波浪晃荡了几下，照样慢慢地前进。

"我们有手，我们要工作！"

"我们有肚子，我们要吃饭！"

手拿短木棍的人们生气了，大声叫："不准喊！你们是什么东西，敢乱喊！再像狗一样乱汪汪，乌鸦一样乱叫，我们就不客气了！"

麻雀用翅膀推松鼠一下，说："你听，你刚才认为并不错的两句'人言人语'，那些拿短木棍的人却认为'鸟言兽语'，不准他们说。我想这未必单是由于糊涂和骄傲，大概还有别的道理。"

松鼠连声说："一定还有别的道理，一定还有别的道理，只是咱们一时还闹不清楚。不过有一桩，我已经明白了：人类把自己不爱听的话都认为'鸟言兽语'，狗汪汪啦，乌鸦叫啦，以外大概还有种种的说法。"

麻雀说："他们的小学教科书排斥'鸟言兽语'，想来就为的这一点。"

松鼠和麻雀谈谈说说，下边街道上的大群人渐渐走远了。远远地看着，短木棍还是迎着他们的面乱摇乱打，可是他们照样挤在一块儿，连续不断地发出喊声。又过一会儿，他们拐到左边街上去，人看不见了，喊声也不像刚才那么震耳了。松鼠拍拍麻雀的后背，说："咱们换个地方看看吧。"

"好。"麻雀不等松鼠说完，张开翅膀就飞。松鼠紧跟着麻雀的后影，在接接连连的屋顶上跑，也很方便。

大约赶了半天的路程，它们到了个地方。一个大空场上排着无数军队，有步队，有马队，有炮队，有飞机，有坦克，队伍整齐得很，由远处看，像是很多大方块儿，刚用一把大刀切过似的。这些队伍都面对着一座铜像。那铜像雕的是一个骑马的人，头戴军盔，两撇胡子往上撇着，真是一副不可一世的气概。

麻雀说："这里是什么玩意儿？咱们看看吧。"它说着，就落在那铜像的军盔上。松鼠一纵，也跳上去，藏在右边那撇胡子上，它还描着胡子的方向把尾巴撅起来。这么一来，从下边往上看，就只觉那铜像在刮胡子的时候少刮了一刀。

忽然军鼓打起来了，军号吹起来了，所有的军士都举手行礼。一个人走上铜像下边的台阶，高高的颧骨，犀牛嘴，两颗突出的、圆滚滚的眼珠。他走到铜像跟前站住，转过来，脸对着所有的军士，就开始演说。个个声音都像从肚肠里迸出来的，消散在空中，像是一个个炸开的爆仗。

"咱们的敌人是世界上最野蛮的民族，咱们要用咱们的文明去制服他们！用咱们的快枪，用咱们的重炮，用咱们的飞机，用咱们的坦克，叫他们服服帖帖地跪在咱们脚底下！他们也敢说什么抵抗，说什么保护自己的国土，真是猪一般的乱哼哼，鸭子一般的乱叫唤！今天你们出发，要拿出你们文明人的力量来，叫那批野蛮人再也不敢乱哼哼，再也不敢乱叫唤！"

"又是把自己不爱听的话认为'鸟言兽语'了。"松鼠抬起头小声说。

麻雀说："用快枪重炮这些东西，自然是去杀人毁东西，怎么倒说是文明人呢？"

"大约在这位演说家的'人言人语'里头，'文明''野蛮'这些字眼儿的意思跟咱们了解的不一样。"

"照他的意思说，凶狠的狮子和蛮横的鹰要算是顶文明的了。可是咱们公认狮子和鹰是最野蛮的东西，因为它们太狠了，把咱们一口就吞下去了。"

松鼠冷笑一声说："我如果是人类，一定要说这位演说家说的是'鸟言兽语'了。"

"你看！"麻雀叫松鼠注意，"他们出发了。咱们跟着他们去吧，看他们怎么对付他们说的那些野蛮人。"

松鼠吱溜一下子从铜像上爬下来，赶紧跟着军队往前走。后来军队上了渡海的船，松鼠就躲在他们的辎重车里。麻雀呢，有时落在船桅上，有时飞到辎重车旁边吃点儿东西，跟松鼠谈谈，一同欣赏海天的景色，彼此都不寂寞。

几天以后，军队上了岸，那就是野蛮人的地方了。麻雀和松鼠到四处看看，同样的山野，同样的城市，同样的人民，看不出野蛮在哪里。它们就离开军队，往前进行，不久就到了一个大广场。场上也排着军队。看军士手里，有的拿着一支长矛，有的抱着一杆破后膛枪，大炮一尊也没有，飞机坦克更不用说了。

"麻雀哥，我明白了。"

"你明白什么了？"

松鼠用它的尖嘴指着那些军队说："像这批人没有快枪、大炮、飞机、坦克等东西，就叫野蛮人。有这些东西，像带咱们来的那批人，就叫文明人。"

麻雀正想说什么，看见一个人走到军队前边来，黑黑的络腮胡子，高高的个子，两只眼睛射出愤怒的光。他提高嗓子，对军队作下面的演说：

"现在敌人的军队到咱们的土地上来了！他们要杀咱

们，抢咱们，简直比强盗还不如！咱们只有一条路，就是给他们一个强烈的抵抗！"

"给他们一个强烈的抵抗！"军士齐声呼喊，手里的长矛和破后膛枪都举起来，在空中摆动。

"哪怕只剩最后一滴血，咱们还是要抵抗，不抵抗，就得等着死！"

麻雀听了很感动，眼睛里泪汪汪的。它说："我如果是人类，凭良心说，这里的人说的才是'人言人语'呢。"

但是松鼠又冷笑了："你不记得前回那位演说家的话吗？照他说，这里的人说的全是猪一般的乱哼哼，鸭子一般的乱叫唤呢。"

麻雀沉思了一会儿，说："我现在才相信'人言人语'并不完全下贱，没有价值。我当初以为'人言人语'总不如咱们的'鸟言兽语'，你说这是武断，的确不错，这是武断。"

"我看人类可以分成两批，一批人说得有道理，另一批人说得完全没道理。他们虽然都自以为'人言人语'，实在不能一概而论。咱们的'鸟言兽语'可不同，咱们大家按道理说话，一是一，二是二，一点儿没有错儿。'人言人语'跟'鸟言兽语'的差别就在这个地方。"

嗡——嗡——嗡——

天空有鹰一样的一个黑影飞来。场上的军士立刻散开，分成许多小队，往四处的树林里躲。那黑影越近越大，原来是一架飞机。在空中绕了几个圈子，就扔下一颗银灰色的东西来。

轰！

随着这惊天动地的声音，树干、人体、泥土一齐飞起来，像平地起了个大旋风。

麻雀吓得气都喘不过来，张开翅膀拼命地飞，直飞到海边才停住。用鼻子闻闻，空气里好像还有火药的气味。

松鼠比较镇静一点儿。它从血肉模糊的许多尸体上跑过，一路上遇见许多逃难的人民，牵着牛羊，抱着孩子，挑着零星的日用东西，只是寻不着它的朋友。它心里想："怕麻雀哥也成为血肉模糊的尸体了！"

1936 年 1 月 10 日发表

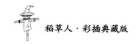

| 小感悟 |

　　俗话说，人有人言，兽有兽语。然而，在小动物们的眼中，人类的言语倒是颠三倒四，令人费解。不仅如此，人类的世界是非颠倒，黑白不分，同为手足，却自相残杀。在鸟兽看来，人类的世界还不如鸟兽，至少它们的世界一是一，二是二，简单明了。只可惜，小动物们还没有寻找到答案，就被冲天的炮火冲散了。

各有志

稻

草

人

彩

插

典

藏

版

傻子

　　傻子姓什么，叫什么，没有一个人知道。

　　他一生下来，就睡在育婴堂墙上的大抽屉里。小朋友看见过那个大抽屉吗？特别深，特别宽，好像一口小棺材。孩子生下来了，做父母的没法养活他，就把他送进那个大抽屉里。这种事儿总是在半夜里干的，所以别人谁也不知道。第二天，育婴堂里的人看见抽屉里有孩子，就收下来养着，让乳娘喂给他奶吃。不是母亲的奶哪里会有甜味呢？傻子就是吃这种没有甜味的奶长大的。

　　长到两岁光景，他还是又瘦又小，脸上倒有了一些老年人的皱纹。他只能发出"唔呀唔呀"的声音，不会说话，不会叫人——有谁跟他亲热，让他叫呢？他也不会笑。

　　有一天，乳娘高兴了，抱着他，逗他玩。乳娘把一颗粽子糖含在嘴里，让他用小嘴去接。乳娘按着他的小脑袋，把他的小嘴凑近自己的嘴。他还没接着粽子糖，才长出来的锋利的门牙却咬破了乳娘的嘴唇。胭脂似的血渗出来了，乳娘觉得很痛，在他的小脑袋上重重地打了两下，狠狠地骂他："你这个傻子！""傻子"这个名字从那个时候就开始用了。

傻子六岁就出了育婴堂，一个木匠把他领去做徒弟。他举起斧头，胳膊摇摇晃晃，砍下去只能削去木头的一层皮。他使锯子，常常推不动、拉不动，弄得面红耳赤。师父总是先打他几下，才肯帮他教他。他从来不哭，似乎不觉得痛。举得起斧头他就砍，推得动锯子他就锯。邻居看他这样，都说他真是个傻子。

有一夜，天很冷，傻子和师兄两个还在做夜工。富翁家里要赶造一间有五层复壁的暖室，师父吩咐他们说："今天夜里把木板全都锯好，明天一早要带到富翁家里去用的。你们锯完了才可以睡觉。今天夜里要是锯不完，明天我给你们厉害看！"师父说完，自己去睡了。

傻子听师父已经睡熟，悄悄地对师兄说："天这么冷，你又累了，不如去睡吧！"

师兄说："我的眼睛早就睁不开了。可是木头没锯完，明天怎么对师父说呢？"

"有我呢，"傻子拍着胸脯说，"你不用管，这些木头都归我来锯，锯到天亮包你锯完。你的夹被不够暖和，我反正不睡，你把我的破棉絮拿去盖吧。"

师兄把傻子的破棉絮铺在地上，再铺上自己的夹被。他躺在上面，骨碌一卷，就进了他的舒适安乐的王国。

傻子见师兄肯听他的话，感到非常满足：自己的破棉絮又让师兄卷成了一个舒适安乐的王国，这有多好呀！他就不停手地锯起木板来。他的手快要冻僵了，几乎感觉不出拿的是什么。风从窗缝里吹进来，细小的煤油灯火摇摇晃晃的，使他很难看清木头上弹着的墨线。他什么也不管，只管一推一拉地锯木板，简直像一台锯木板的机器。

天亮了，亮得太早了。傻子整整锯了一夜，还有两根木头没锯完。师父醒来听到锯木头的声音，跑来一看，只有傻子一个人在那里锯，还有一个徒弟却裹在破棉絮里睡大觉。他气极了，跳过去拉开破棉絮就要打。傻子急忙说："不是他要睡觉，是我叫他睡的。师父，您不能打他。"

师父一听越发火了。他想：耽误了富翁家的活儿，挨罚是免不了了，都是傻子闯的祸。他举起木尺，使劲朝傻子的脑袋上打，嘴里狠狠地骂："你这个傻子，教别人偷懒，坏了我的事儿，实在可恶至极！"

傻子还被师父罚掉了两顿饭。到了吃饭的时候，别人三口饭一口菜，狼吞虎咽，他只好站在一旁看。

有一天，傻子从人家做完工回来，天色已经黑了。他慢慢地走着，忽然踩着一件东西，拾起来一看，是一个小口袋，沉甸甸的；凑在路灯下一解开来，好耀眼，是十来个雪白光亮的小圆饼儿。傻子不懂得这就是银圆。

傻子站在路灯下想："这些又白又亮的东西，我没有一点儿用处，带了回去，今夜还是吃两碗饭，盖一条破棉絮。师父倒是挺喜欢这东西的，不知道为了什么？"

他想来想去，实在想不明白。又想："管它呢，反正没有用，扔掉算了。"他正要把口袋朝垃圾桶里扔，一转念："这袋东西总是谁丢失的。那个人要是跟师父一样，也挺喜欢这东西，丢失了一定非常伤心。我把它扔进了垃圾桶，那个人找不着，不是要哭得死去活来吗？"傻子想到这儿，决定等候那个人来找。

做夜市的小贩回去了，喝醉的酒客让人扶着回去了，巡查的警察走过了，店铺的门都关上了，街上空荡荡的，只有路灯放着静寂的光。傻子总不见有人来找这一口袋东西。他觉得很奇怪：也许是路灯丢失的吧，要不，大家都睡了，它干吗老瞪着一只眼睛不肯睡呢？

那边有脚步声来了，是急促的、轻轻的脚步声。傻子想：一定是那个人来找丢失的东西了。借着灯光望去，是一位老太太，眼眶里含着泪花。她一边走一边看着地面，没瞧见站在一旁的傻子。

"老太太,"傻子迎上去,"你是找一口袋又白又亮的东西吗? 在这里!"

"快给我吧,阿弥陀佛!"老太太笑了,干瘪的脸笑得真难看。

师父不见傻子回来,一点儿也不放在心上,以为他掉在河里淹死了,或者让骗子给拐走了。傻子摸进门去,屋子里一片漆黑,师父、师兄都早就睡着了,鼾声像打雷一个样。傻子摸到了自己的破棉絮,一骨碌钻了进去。

第二天天亮,师兄才发觉傻子躺在身旁,就推醒了他,问他昨夜上哪里去了。傻子把经过讲了一遍,师兄从被窝里伸出一只手,指着他的额角说:"你这个傻子!"

又一天,傻子做工的那户人家上梁,照例有糕和馒头分给工人。傻子分得了两块糕、两个馒头。

在回去的路上,傻子遇见一群难民。最可怜的是那些妇女和赤条条的孩子:有的妇女把孩子背在背上,裹在又破又脏的衣服里;有的妇女把孩子抱在胸前喂奶。难民们痛苦地叫唤着,好像一群荒地里的乌鸦。

傻子觉得很奇怪,难民的眼光集中在他手里的糕和馒头上。他想:"他们想吃吗? 他们未必知道糕是甜的,馒头是咸的。让他们尝一尝吧,反正我回去还有我分内的两碗饭呢。"

傻子把糕和馒头都送给了难民。难民没想到会有这样的好东西送给他们吃。他们不再叫唤，把糕和馒头掰成许多小块，大人小孩都分配到了。他们细细地嚼，舍不得马上咽下肚里，像吃山珍海味那样有滋有味的。傻子在一旁看着，觉得非常有趣。

邻居早就知道傻子有好吃的东西带回来，没等傻子走到门口就拦住他说："上梁的糕和馒头，分一半给我吃。"

傻子摊开一双空手，笑着说："你为什么不早跟我说呢？真对不起，我把糕和馒头都给了难民了。"

邻居板起脸，吐了口唾沫，拉长了声音说："你……你这个傻子！"

这一天，所有的工厂都停了工，所有的店铺都歇了业，因为国王要在广场上演说，老百姓都得去听。国王非常勇武，常常带兵攻打邻国，没有一回不打胜仗的。可是新近，他打了败仗——头一回被邻国打败了。

傻子跟着大家来到广场上。广场已经站满了人，好像数不清的蚂蚁。傻子慢慢地向前挤，挤到了演说台下。他抬起头来，看见国王满面怒容，眼睛似乎要射出火来，两撇翘起的胡子好像枪尖一般。他正在演说：

"……从未有过的耻辱！从未有过的这样大的耻辱！咱们只能打胜仗，怎么能让人家给打败呢？可恨的敌人呀，我要把他们全都杀死，一个也不剩。恨不得这时候就有一个敌人站在这里，让我一刀砍下他的脑袋，才解我心头之恨！……"

广场上没有别的声音，只有国王一个人在吼叫。傻子非常可怜国王，看他这样恼怒，恐怕立刻会昏倒。可是眼前又没有可以让他砍脑袋的敌人，有什么方法消解他的恼怒呢？傻子一转念，方法有了，他高声喊：

"国王，不必等敌人了！你要杀一个人解解气，就把我杀了吧！"

"傻子！傻子！"广场上的人都喊起来，那声音就跟呼叱猪狗一个样。大家都说从来没见过这样傻的傻子，竟敢打断国王的庄严的演说。

谁也没想到国王的怒容消失了，眼睛突然发出慈爱的光。他满脸堆笑地对傻子说："谢谢你教训了我！我要把敌人全都杀死；你非但宽恕他们，还愿意代他们死。我实在不如你。以后我再也不打仗了。"

国王请傻子一同进宫里去喝酒。他听说傻子是个木匠，就请傻子雕一座高大的牌楼，作为永远不再打仗的纪念。

傻子就动手雕牌楼，他雕得非常精致。牌楼上有许多和平之神，手里捧着各种乐器，许多野兽安静地伏在他们脚下，听他们演奏。还有各种茂盛的树木花草，好像都在

欢乐地随风摇摆。

牌楼完工了。行揭幕礼的那一天，国王亲手把一个大花圈挂在牌楼正中。全国的百姓都来庆祝，大家向傻子欢呼，把傻子抬了起来，把鲜花撒在他的身上。

走过牌楼跟前的人总要指指点点地说："这是傻子的成绩。"

1921 年 11 月 16 日写毕

| 小感悟 |

一个被父母抛弃，在育婴堂长大的孩子，因为咬了乳娘一口，就被唤作傻子。乍一看，傻子做了不少"傻事"，傻到要国王杀了他。仔细想想，他一点儿也不傻，他心地善良，同情弱者，拾金不昧，毫无私心。这样的人哪里是傻呢，分明是至真至善的人呀！愿世间多一些这样的"傻子"，少一些精明的"能人"。

一粒种子

　　世界上有一粒种子，像核桃那样大，绿色的外皮非常可爱。凡是看见它的人，没一个不喜欢它。听说，要是把它种在土里，就能够钻出碧玉一般的芽来。开的花呢，当然更美丽，不论是玫瑰花、牡丹花、菊花，都比不上它。并且有浓郁的香气，不论是芝兰、桂花、玉簪，都比不上它。可是从来没人种过它，自然也就没人见过它的美丽的花，闻过它的花的香气。

　　国王听说有这样一粒种子，欢喜得只是笑。白花花的胡子，密得像树林，盖住他的嘴，现在树林里露出一个洞——因为嘴笑得合不上了。他说："我的园里，什么花都有了。北方冰雪底下开的小白花，我派专使去移了来。南方热带，像盘子那样大的莲花也有人送来进贡。但是，这些都是世界上平常的花，我弄得到，人家也弄得到，又有什么稀奇？现在好了，有这样一粒种子，只有一粒。等它钻出芽来，开出花来，世界上就没有第二棵。这才显得我最尊贵、最有权力。哈！哈！哈！……"

国王就叫人把这粒种子取来，种在一个白玉盆里。土是御花园里的，筛了又筛，总怕它还不够细。浇的水是用金缸盛着的，滤了又滤，总怕它还不够干净。每天早晨，国王亲自把这个盆从暖房里搬出来，摆在殿前的丹陛上，晚上还要亲自搬回去。天气一冷，暖房里还要生上火炉，热烘烘的。

国王在睡梦里，也想看盆里钻出碧玉一般的芽来，醒着的时候更不必说了，老坐在盆旁边等着。但是哪里有碧玉一般的芽呢？只有一个白玉的盆，盛着灰黑的泥。

时间像逃跑一般过去，转眼就是两年。春天，草发芽的时候，国王在盆旁边祝福说："草都发芽了，你也跟着来吧！"秋天，许多种子发芽的时候，国王又在盆旁边祝福说："第二批芽又出来了，你该跟着来了！"但是一点儿效果也没有。于是国王生气了，说："这是死的种子，又臭又难看，我要它干吗！"他就把种子从泥里挖出来，还是从前的样子，像核桃那样大，皮绿油油的。他越看越生气，就使劲往池子里一扔。

种子从国王的池里，跟着流水，流到乡间的小河里。渔夫在河里打鱼，一扯网，把种子捞上来。他觉得这是一粒稀奇的种子，就高声叫卖。

富翁听见了，欢喜得直笑，眼睛眯到一块儿，胖胖的脸活像个打足了气的皮球。他说："我的屋里，什么贵重的东西都有了。鸡子儿那么大的金刚钻，核桃那么大的珍珠，都出大价钱弄到手。可是，这又算什么呢！有的不止我一个人，并且，张口金银珠宝，闭口金银珠宝，也真有点儿俗气。现在呢，有这么一粒种子——只有一粒！这要开出花来，不但可以显出我高雅，并且可以把世界上的富翁都盖过去。哈！哈！哈！……"

富翁就到渔夫那里把种子买来，种在一个白金缸里。他特意雇了四个有名的花匠，专门经管这一粒种子。这四个花匠是从三百多人里用考试的办法选出来的。考试的题目特别难，一切种植名花的秘诀，都问到了，他们都答得头头是道。考取以后，给他们很高的工钱，另外还有安家费，为的是让他们能安心工作。这四个人确是尽心尽力，轮班在白金缸旁边看着，一分一秒也不断人。他们把本领都用出来，用上好的土、上好的肥料，按时候浇水，按时候晒，总之，凡是他们能做的他们都做了。

富翁想："这么样看护这粒种子，发芽开花一定加倍快。到开花的时候，我就大宴宾客。那些跟我差不多的富翁都请到，让他们看看我这天地间没第二份的美丽的奇花，让他们佩服我最阔气、最优越。"他这么想，越想越着急，过一会儿就到白金缸旁边看看。但是哪里有碧玉一

般的芽呢？只有一个白金的缸，盛着灰黑的泥。

时间像逃跑一般过去，转眼又是两年。春天，快到宴客的时候，他在缸旁边祝福说："我就要请客了，你帮帮忙，快点儿发芽开花吧！"秋天，快到宴客的时候，他又在缸旁边祝福说："我又要请客了，你帮帮忙，快点儿发芽开花吧！"但是一点儿效果也没有。于是富翁生气了，说："这是死的种子，又臭又难看，我要它干吗！"他就把种子从泥里挖出来，还是从前的样子，像核桃那样大，皮绿油油的。他越看越生气，就使劲往墙外边一扔。

种子跳过墙，掉在一个商店门口。商人拾起来，高兴极了，说："稀奇的种子掉在我的门口，这一定是要发财了。"他就把种子种在商店旁边。他盼着种子快发芽开花，每天开店的时候去看一回，收店的时候还要去看一回。一年很快过去了，并没看见碧玉一般的芽钻出来。商人生气了，说："我真是傻子，以为是什么稀奇的种子！原来是死的，又臭又难看。现在明白了，不为它这个坏东西耗费精神了。"他就把种子挖出来，往街上一扔。

种子在街上躺了半天，让清道夫跟脏土一块儿扫在秽土车里，倒在军营旁边。一个兵士拾起来，很高兴，说："稀奇的种子让我拾着了，一定是要升官。"他就把种子种在军营旁边。他盼着种子快发芽开花，下操的时候就蹲在旁边看着，怀里抱着短枪。别的兵士问他蹲在那里干什么，他瞒着不说。

一年多过去了，还没见碧玉一般的芽钻出来。兵士生气了，说："我真是傻子，以为是什么稀奇的种子！原来是死的，又臭又难看。现在明白了，不为它这个坏东西耗费精神了。"他就把种子挖出来，用全身的力气，往很远的地方一扔。

种子飞起来，像坐了飞机。飞呀，飞呀，飞呀，最后掉下来，正是一片碧绿的麦田。

麦田里有个年轻的农夫，皮肤晒得像酱的颜色，红里透黑，胳膊上的筋肉一块块地凸起来，像雕刻的大力士。他手里拿着一把曲颈锄，正在松动田地里的土。他锄一会儿，抬起头来四处看看，嘴边透出和平的微笑。

他看见种子掉下来，说："吓，真是一粒可爱的种子！种上它。"就用锄刨了一个坑，把种子埋在里边。

他照常工作，该耕就耕，该锄就锄，该浇就浇——自然，种那粒种子的地方也一样，耕、锄、浇，样样都做到了。

没几天，在埋那粒种子的地方，碧绿的像小指那样粗的嫩芽钻出来了。又过几天，拔干，抽枝，一棵活像碧玉雕成的小树站在田地里了。梢上很快长了花苞，起初只有核桃那样大，长啊，长啊，像橘子了，像苹果了，像柚子了，终于长到西瓜那样大，开了：瓣是红的，数不清有多少层，蕊是金黄的，数不清有多少根。由花瓣上，由花蕊里，一种新奇的浓郁的香味放出来，不管是谁，走近了，沾在身上就永远不散。

年轻的农夫还是照常工作，在田地里来来往往。从这棵稀奇的花旁边走过的时候，他稍微站一会儿，看看花，看看叶，嘴边透出和平的微笑。

乡村的人都来看这稀奇的花。回去的时候，脸上都挂着和平的微笑，满身都沾了浓郁的香味。

1921 年 11 月 20 日写毕

| 小感悟 |

这粒种子，国王种下它，为了显示他的尊贵和权利；富翁种下它，为了显示他的阔气和优越；商人种下它，希望它能给自己带来财富；士兵种下它，希望能让自己升官。他们对种子呵护备至，可稀奇的种子就是不发芽。到了农夫手里，农夫无所企图，也没有把它和其他种子区别对待，他照常工作，种子却发芽了。

地球

很久很久以前，大地光滑浑圆，跟皮球一个样儿。

为什么后来会有高高的山，山下有平地，更有凹下去的盛满了水的海呢？

当初，人们生活在地球上，大家都很安乐。饿了，他们采树上的鲜果吃。鲜果好看极了，拿在手里就让人忘了饥饿；味道又香又甜，吃到嘴里有没法形容的快活。

人们闲着没事做，到处开唱歌会、跳舞会。不光人们，鸟呀，树林呀，风呀，泉水呀，也一同唱歌；野兽呀，大树呀，草呀，星星呀，也跟着跳舞。

人们热闹极了，开心极了；他们不懂得忧愁，从来不啼哭。他们疲倦了就躺在地面上，月亮像一位和善的老太太，用银色的光辉照在他们的脸上。你可以看到他们做着梦，还在开心地笑呢！

忽然从云端里吹来几阵风，把树上的叶子全给吹了下来。人们开始吃惊了，害怕了，他们看到所有的树都只剩下光干，连一个果子也没有了，肚子要是饿起来，这日子怎么过呢？

唱歌会停止了，跳舞会停止了，大家喊道：

"困难的日子到了！困难的日子到了！你们没瞧见吗，树上连一个果子也没有了！"

"咱们吃什么呢？咱们吃什么呢？肚子饿起来，咱们怎么办？"

"大家快想办法呀！大家快想办法呀！挨饿可不是好受的。"

聪明的人想出办法来了。他们说："靠果子过日子是靠不住的。咱们会有东西吃的，咱们耕种，咱们收割，咱们把收割下来的东西储藏起来，要吃的时候就拿出来吃，咱们就不会挨饿了。现在只要大家都来耕种。"

大家听了一齐拍手欢呼。他们说："咱们得救了！咱们不怕挨饿了！大家都来耕种呀！"

他们一边高呼，一边举起锄头，就在自己站着的地方耕种。但是有些柔弱的人，他们拿不动锄头，只好站在一旁呆看。想到自己不久就要挨饿了，他们要求耕种的人说："你们种出了东西来，分点儿给我们吃吧。咱们是好朋友，你们应该可怜我们，我们拿不动锄头呀。"

拿锄头的人想，分点儿给他们，这还不容易。种出来的东西多了，吃不完堆积起来有什么用呢？他们很痛快地答应了。到了收获的季节，稻呀麦呀，都分给他们每人一份，跟拿锄头耕种的人一样多。

耕种的时候，总要拣去一些僵土和石块。大家看那些柔弱的人站的地方反正空着，就把拣出来的僵土、石块往那里扔。僵土和石块堆高一点儿，那些柔弱的人就往高里站一点儿。他们好像泛在水缸里的泡沫，水尽管一桶一桶往缸里倒，泡沫总浮在水面上。

拿锄头的人仍旧把耕种出来的东西分给柔弱的人吃，仍旧每人一份。可是要分给他们，不像先前那样便当了，要背着稻呀麦呀，爬上土石堆。土石堆越来越高，稻呀麦呀显得越来越重，压得他们背都弯了，胸口几乎碰着了膝盖。他们像拉风箱似的喘着气，一步一步往土石堆上爬，汗跟泉水一般从每一个汗毛孔里流出来。他们唱着歌，忘记了劳累。他们是这样唱的：

> 他们是我们的好朋友，我们的好朋友。
> 他们拿不动锄头，我们拿得动锄头。
> 分给他们一份稻，分给他们一份麦。

反正我们有力气，应该都助好朋友。

柔弱的人接了礼物，懒懒地吃；才吃完一份，第二份又送来了，送第三份、第四份的人背着东西，正跟牛马一样爬上来呢。他们向下望，土石堆上已经给踏出了一条路，背着东西的人脚尖接着脚跟，一摇一晃地在向上爬，真有点儿傻劲。他们看着，又白又瘦的脸上现出冷淡的微笑。

可是不好了，拿锄头的人耕种的地方，有几处忽然积了许多水，不能耕种了。水是从哪里来的呢？聪明的人考察出来了，他们说："你们看柔弱的人站着的土石堆，让咱们踩得往下凹的那条路上，不是涓涓不绝地有水在流下来吗？水冲在石头上，不是激起了浪花么？水就是从土石堆上流下来的。如果追根究底，那么咱们的身体就是最初的源泉；咱们把东西送上去的时候，每一个汗毛孔就是一个泉眼。"

聪明的人说得不错，但是有水的地方不能耕种了，怎么办呢？只好大家挤紧一点儿，在还没被水淹的地方耕种。

过了一年又一年，拿锄头的人努力耕种，不断地把东西送上土石堆去。他们的汗水渗进土里，胶住了石块。汗水富有滋养料，土石堆上于是长出了青青的草，绿油油的树。柔弱的人闲着没事干，眯起深陷的眼睛看着。他们赞美说："这里应当叫作山。你们看，山上的景致多么好，美丽极了。"

山的周围，僵土、石块越堆越多，山就越来越高，爬上去送东西越来越吃力，他们的汗水流得更多了。汗水不停地从山上流下来，地面积水的范围自然越来越扩大，可以耕种的地方自然越来越少了。拿锄头的人只好挤得更紧了。

到了后来，拿锄头的人实在觉得不能再往山上送东西了，再送就会耽误了耕种的季节。他们同柔弱的人商量说："我们实在没有工夫再给你们送东西了，这山路太长了。你们自己下山来取吧，反正你们闲着没事干。"

柔弱的人摇摇头，他们有气无力地说："我们这样柔弱，哪能背东西上山呢？你们要是可怜我们，就帮忙帮到底。咱们是最好最好的好朋友呢！"

拿锄头的人看他们满脸愁容，眼角上似乎挂着泪水，心就软了，对他们说："既然这样，仍旧照老样子，东西由我们送上山来。我们有一天力气就耕种一天，帮助你们一天。你们放心吧，不用犯愁，没事儿就望望山景吧！"

可是耕种的地方越来越少，拿锄头的人挤得越来越紧，种出来的东西却不会因此而增多。有的人上山去送东西，回来的时候疲乏不堪，又错过了耕种的季节，原先归他们耕种的地方就此荒芜了。别人只好把自己分内的东西省出一部分来分给他们，使他们不至于挨饿。

情形看来越来越糟，大家的土地都有点儿荒芜的样子，但是大家还是凑出东西来送上山去，分给柔弱的人的东西还是跟分给大家的一样多。本来吃不饱，又要背着沉重的东西爬这样陡的山路，他们累极了，身上瘦得只剩了一层皮，脸上全是皱纹，背给压弯了，声音也变得又沙又哑。要是说他们曾经是唱歌的好手、跳舞的好手，还会有谁相信呢？

有的人因为又饿又累，病倒了，几乎死掉。他们的慈祥的母亲忍不住哭了，眼泪像线一样直往下流，流向水淹的地方。水淹的地方不断地扩大，起风的时候，涌起的波浪像山一样高。

慈祥的母亲望着汹涌的波涛说："这里应当叫作海。海里的水是咸的，都是我的眼泪和孩子们的汗水。"

所以即使天朗气清，你到海边去，总可以听到波浪在呜咽着，在诉说悲哀。

前面说的就是地球上怎么会有山、有海、有平地的故事。你要是问，山上的那些柔弱的人现在到哪里去了呢？我可以告诉你，他们太柔弱了，子子孙孙一代一代传下来，身子越来越小，现在已经小到咱们的目力没法看清的程度。其实小草的根、大树的皮，都是他们寄居的地方。他们再这样一代小于一代，总有一天会从地球上消失的。

1921 年 12 月 25 日写毕

| 小感悟 |

地球上有两种人，一种是拿得动锄头的勤劳人，一种是拿不动锄头的柔弱人。勤劳的人用双手耕种，于是有了富足的食物。柔弱的人不耕种，坐享其成，于是平地上起了山峰。这也导致勤劳的人越来越辛苦，最终汗水凝结成咸苦的海水。地球上从此有了大地、山峰和海洋。虽然辛苦，但是勤劳的人与山海永存，柔弱的人终将消亡。

新的表

咱们都看见过钟，看见过表。咱们都懂得钟和表在提醒咱们：现在是什么时间了，你应当起床了；现在是什么时间了，你应当干活了；现在是什么时间了，你应当休息了。咱们按照钟表提醒咱们的去做，一切都井井有条，不必匆忙，也不会耽误事。

愚儿有一个关于表的故事。他不懂得使用表，耽误了许多事，闹出了许多笑话。现在就把他的故事讲给大家听。

愚儿才八九岁。他有个坏毛病，老是什么事也不干，不声不响。东边一靠，靠个大半天；西边一站，站个三小时。父亲母亲以为他早就上学去了，后来却看见他不声不响地站在大门口。有时候他在桌子上玩弄唾沫，玩儿得连睡觉都忘了，要母亲催他他才上床。这样的事发生了不知多少回了。

他的毛病老改不掉，而且越来越厉害。有一回到学校去，半路上看见鞋店的工人正在扎鞋底，他站在一旁整整看了一天，连吃饭都忘了。父亲母亲不见他回家，派人四处去找，才把他拉回了家。父亲就跟母亲商量说："太不像话了！这样下去，他不但书念不好，将来离开了我们，连饭也想不到吃，岂不要饿死吗？得想个办法才好。最最要紧的是要让他知道什么时间该做什么事。你看有什么办法呢？"

母亲说："我有个办法。他有这个坏毛病，根子就在他不懂得时间，不知道什么时间应当做什么事。我们教给他懂得了时间，他就知道到了什么时间应当做什么事了。让人懂得时间的最好的东西就是钟表，咱们给他买一只表吧。"

父亲听母亲说得很有道理，就买了一只表给愚儿。这是一只非常美丽的表，表壳好像是银的，能照得见面孔；表面是白瓷的，画着乌黑的字；两支针有长有短，闪闪发光。样子跟一块圆饼干差不多，愚儿拿在手里，觉得轻巧可爱——虽然不能送到嘴里去吃。

父亲叮嘱愚儿说："你不懂得时间，天天耽误了该做的事。现在给你这只表，它可以告诉你现在是什么时间。你应当按照它告诉你的时间做你应该做的事。你看，到了这个时间，就应该上学；到了这个时间，就应该回家；到这个时间，应该开始温习功课；到这个时间，应该上床睡觉。你好好记着，就不会再犯过去的老毛病了。"

父亲指给愚儿看的，是表面上写着"7""4""5""9"这几个字的地方。愚儿记住了，牢牢地记在心里。他把表捧在手里，眼睛盯住了表面，看见一支针指在"7"字上，马上背着书包出了门。他一路走一路看着表，还没走到学校，那支针已经指在"9"字上了。他转身就跑，到家里连忙往床上一躺，书包还挂在背上哩。他一只手举着表，仰着脑袋看着，那支针真奇怪，虽然看不出它在移动，它却不断地变换位置，像变魔术似的。

那支针又指在"4"字上了，他想父亲叮嘱过，到针指在"4"字上就应该回家。但是他已经在家里了，而且躺在床上了，教他再回到哪里去呢？难道把父亲的话记错了？他翻来覆去地想，想了十遍二十遍，一点儿也没记错，父亲确实是这样说的，针指到"4"字上，就应该回家。一定是这只表在作怪了。他立刻下了床，跑到父亲的工作室里。

父亲见了他很奇怪，问他："你的老毛病还没改好。我已经给了你一只表，教你看着表做事。怎么这时候还在家里？你已经忘了我说的话吗？"

愚儿说："不，不，我没有忘记，这只表在作怪呢！我看针指在这里，马上去学校，这不是你告诉我的吗？还没走到学校，针已经指到这里了，我马上跑回家睡觉，这不也是你告诉我的吗？可是现在，针又指到我应当回家的地方了——而且过了。我现在已经在家里了，教我再回到哪里去呢？要不是这只表作怪，一定是你的话说错了。"

父亲听了哈哈大笑："原来你没弄明白，你要看那支短针指在什么地方，就按照我说的，去做什么事。方才你弄错了，看了长针了。去吧，不要再耽误事了。"

愚儿点点头，表示他全明白了。他赶到学校，学校还没上课，早操已经过了。老师教训他说："你真个不想长进吗？有的日子你贪懒，索性不来上学。今天来了，又来得这样晚。你从没做过早操，这样不注意锻炼，难道身体不是你自己的吗？"

愚儿想，他今天出来得很早，只因为看错了表，把事耽搁了。但是他不敢跟老师说明，怕同学们笑他。他坐在课堂里，时时刻刻看着手里的表，比看课本用心一百倍。那短针越来越靠近"9"字了，最后真到了"9"字上。他想这一回准错不了，是睡觉的时间了，赶快回家吧。

愚儿向老师请假，说马上要回家。老师问他为什么，他说要回家去睡觉。老师着急地问："你不舒服吗？身上发冷吗？……"他只是摇头。老师生气了："没有什么不舒服，哪里有这时候就回家去睡觉的道理！不准回去！"

愚儿急得哭了，眼泪像雨点一样往下掉。同学们看了都笑起来，有几个轻轻地说："他要回家吃奶了。他的母亲已经解开了衣襟在等他了。"

愚儿听同学这样说，哭得更厉害了。老师以为他发了疯，或者心里有什么别扭的事，一定要他说出来。他抹着眼泪，呜呜咽咽地说：“父亲给我买了一只表，告诉我说，那支短针指到什么地方，就应当按时做什么事。父亲说，短针指在‘9’字上，就应当睡觉。现在已经指到‘9’字了，所以我要请假回家。我不愿意违背父亲的话。老师要是不信，请您看看我的表。”他拿出表来给老师看，那支短针已经过了“9”字了。

老师听了哈哈大笑，对他说：“原来你没有明白，让我来告诉你。那支短针一天要绕两个圈子哩：从半夜到中午绕一圈，从中午到半夜又绕一圈。所以短针在上午和晚上，各有一次指在‘9’字上。你父亲说的应当睡觉的时间，是晚上短针指在‘9’字上的时间，不是现在。”

“原来还有这样一个道理。”愚儿点点头，表示这一回他都明白了。同学们又大笑了一场。下了课，有几个在背后说他傻成这样，哪里配用什么表。他只当没听见，一个人站在墙角里，偷偷地看着手里的表，生怕又耽误了时间。

这一天下午，短针指在“4”字上，他就赶紧回家；指在“5”字上，他就拿出课本来温习；指在“9”字上，他就对父亲母亲说：“上床的时间到了，我要睡觉了。”

父亲母亲心里十分欢喜，称赞他说：“这一回好了，你的毛病让表给治好了。今后你照表告诉你的时间去做事，一定能很快上进。现在，你先睡吧。”

愚儿很高兴，躺在床上只是笑。笑呀笑呀，他就睡着了，表还握在他的手心里。

第二天他醒来，窗子上已经是阳光耀眼。他想起了手中的表，不知道该不该起床了。还差得很远呢，那支短针正指在"3"字上，还要转过两个字，才指到"6"字上。他就躺在床上等，准备等它转到"6"字再起身。

表又作怪了，短针老指在"3"字上，好像这个"3"字有什么魔力，把它吸住了。他老看着表，觉得肚子越来越饿。但是短针还没有转到应该下床的时间，他就只好等着。他想短针总会转过去的。

母亲不见他起身，来到床前看他，只见他睁大了眼睛，老对着表看。母亲催他："快起来吧，时间不早了，到学校又晚了。"他却回答说："不能起来，不能起来。我做什么都得遵守时间。"

母亲听了很奇怪，以为他还在说梦话。可是他眼睛睁得大大的，看着手里的表，明明早就醒了，就对他说："你要遵守时间，更应当赶快起来，要不，第二堂课你也赶不上了。"

愚儿不回答，仍旧看着手中的表。母亲问了一遍又一遍，他才回答说："您看，那支短针还没指到'6'字上。要指到'6'字上我才可以起身，这是父亲告诉我的。"

母亲接过表一看，短针真个还指在"3"字上，不由得大笑起来，对愚儿说："原来你没弄明白，表的机关停了，要上紧了弦，它才能转。你要是不上弦，就是等上一千年，短针也转不到'6'字上。"

母亲给表上足了弦，把两支针的位置旋准了，把表交给愚儿。愚儿看着表只顾点头，表示这一回他真个明白了。他赶紧下了床，收拾停当了，跑到学校里。这时候，第一堂课已经上了一半了。

从此以后，愚儿真个全都明白了。他能自己给表上弦，自己校正快慢，对准时间。他能够按着表告诉他的时间，做完这件事又做那件事，什么都井井有条了。

1921 年 12 月 27 日写毕

| 小感悟 |

愚儿得了一块新表，本来是为了让他懂得什么时间做什么事。可这块新表却给他带来了新的麻烦。他死板地按照表盘的指针做事，闹出了一个又一个的笑话。时间的流淌不会因为时钟而停下。钟表停了、坏了，并不代表时间也停下来了。钟表是帮助我们做事的工具，当我们养成了好的习惯，按时间做事就不会那么困难了。

祥哥的胡琴

　　一条碧清的小溪边，有一所又小又破的屋子。墙壁早就穿了许多窟窿，风和太阳光、月亮光可以从这些窟窿自由出进。柱子好像酥糖一样又粗又松，因为早有蛀虫在那里居住。铺在屋面上的稻草早成了灰白色，从各方吹来的风和从云端里落下来的雨，把原先的金黄色都洗掉了。屋子的倒影映在小溪里，快乐的鱼儿都可以看见。月明之夜，屋子的影子站在小溪边上，半夜醒来的小鸟儿都可以看见。

　　这所又小又破的屋子里，住着祥儿和他的母亲。祥儿的父亲临死的时候，什么事儿也没嘱咐，只指着挂在墙上的胡琴断断续续地说："阿祥，我没有什么可以传给你，只有这把胡琴。你收下吧！"祥儿不懂他父亲说这话是什么意思，他的母亲却伤心得哭不出声音来了。就在这时候，他的父亲咽气了。

这把胡琴是祥儿的父亲时常拉着玩儿的。本来青色的竹竿，因为手经常把握，变得红润了；涂松香的地方经常被弓摩擦，成了很深的沟；绷着的蛇皮，也褪了色。繁星满天的夏天的夜晚，清风吹来的秋天的夜晚，他父亲就拿这把胡琴拉几支曲子。在种田累了的时候，在割草乏了的时候，他父亲也要拿这把胡琴拉几支曲子，正像别的农人在休息的时候一定要吸几筒旱烟一个样。就是在极冷的冬天，白雪像棉絮一般盖在屋面上，鸟儿们紧紧地挤成一团，也可以听见从屋子里传出来的胡琴的声音。

父亲的棺材被抬出去了，胡琴还挂在墙上。风从墙壁的窟窿吹进来，只见胡琴在轻轻地左右摇摆。阳光和月光射进来，胡琴的影子映在墙上，像一把舀水的勺子。祥儿看着觉得很有趣，胡琴好像充满了神秘的味道。

母亲织了一会儿草席，指着墙上的胡琴说："阿祥，爸爸把这东西传给了你，你要像爸爸一样会拉，我才欢喜呢！"祥儿不大明白母亲的话，只是对着墙上的胡琴发呆。吃饭的时候，母亲又指着墙上的胡琴说："阿祥，爸爸把这东西传给了你，你要像爸爸一样会拉，我才欢喜呢！"祥儿还是对着胡琴发呆。早上，祥儿在母亲的怀里醒来，母亲又教训他说："阿祥，爸爸把墙上那东西传给了你，你要像爸爸一样会拉，我才欢喜呢！"

直到祥儿满了四岁，母亲从墙上取下胡琴来，交在他手里。母亲说："现在你可以拉这个东西了。我希望听到你拉出好听的调子来，跟你爸爸拉的一个样。"

祥儿双手握着胡琴。这是天天见面的老朋友，可是怎么拉法，他一点儿不懂。他移动了一下胡琴的弓，胡琴发出锯木头一般的声音。他把弓来回地拉，跟木匠师傅锯木头一个样。母亲看着他，脸上现出笑容，她称赞说："我的儿子真聪明！"

拉动胡琴上的弓，成了祥儿每天的功课。他不但在家做这功课，走到小溪边，走到街道上，也一样做他的功课。打鱼的老汉正在溪边下网，讥笑他说："跟锯木头一个样，拉得比你爸爸还好听哩！"蹲在埠头洗衣服的老太太也讥笑他说："这也算接过了你爸爸的手艺吗？"街道上的孩子们追赶着他说："难听死了，难听死了，不如把胡琴送给我们玩吧！"祥儿不管他们说些什么，只顾一边拉一边走。

祥儿走到没有人的地方，周围都是高山，山下都是树林，他拉动弓，自己听着胡琴发出来的声音，觉得很快活。忽然听到有个声音在唤他："小弟弟，想拉好听的调子吗？我可以教你。"祥儿四面找，一个人也没有。是谁在说话呢？正在疑惑，那个声音又说："小弟弟，我在这里。你低下头来就看见我了。"祥儿低下头看，原来是一道清澈的泉水，活泼泼地流着，唱着幽静的曲调。水底有许多五色的石子，又圆又光滑，可爱极了。

祥儿高兴地回答说："泉水哥哥，你肯教我，我非常感激。"泉水说："你听着我的曲调，把胡琴和着我的调子拉吧。"祥儿侧着耳朵听，很能懂得泉水用它的曲子讲的什么话，就拉动弓和着，胡琴不再发出锯木头的声音了。胡琴的声音紧跟着泉水的曲调，后来竟合成一体，分不出哪是泉水的、哪是胡琴的了。祥儿和泉水都高兴极了，只顾着演奏，忘记了一切。后来泉水疲倦了，对祥儿说："小弟弟，你拉得很好了。我想休息一会儿，明天再见吧。"泉水的调子越来越轻，最后它睡着了。祥儿离开了泉水，向前走去。

祥儿拉着新学会的曲调，引起周围的山都发出回声，成为很复杂的调子。他自己听着也很快活。忽然又听到有个声音在唤他："小弟弟，还想学一种好听的调子吗？我可以教你。"他四面找，一个人也没有，难道泉水睡醒了，追上来了？正在疑惑，那个声音又说："小弟弟，我在这里。你抬起头就看见我了。"祥儿抬起头看，原来是一阵纱一般的风，轻轻地吹着，唱着柔和的曲调。小草们、野花们都一边听，一边点头。

　　祥儿高兴地回答说："风哥哥，你肯教我，我非常感激。"风说："你听着我的曲调，把胡琴和着我的调子拉吧。"祥儿侧着耳朵听，很能理解风用它的曲子说的什么话，就拉动弓和着，比任何人做任何事儿都用心。胡琴的声音紧跟着风的曲调，后来竟合成了一体，分不出哪是风的、哪是胡琴的了。祥儿和风都很高兴，一会儿快，一会儿慢，一会儿高，一会儿低，只顾演奏。小草和野花都听得入了迷，好像喝醉了似的都垂下了头。后来风要走了，对祥儿说："小弟弟，你又学会了一种好听的调子了。我现在要到别处去了，有机会再见吧。"风说完就飘走了。祥儿跟风告了别，又向前走去。

　　祥儿轮流拉着新学会的曲调，一会儿拉泉水的，一会儿拉风的，不知不觉走进了树林。拉泉水的调子，他就想起了活泼的泉水哥哥；拉风的调子，他就想起了轻柔的风哥哥。忽然又听到一个声音在唤他："小弟弟，再多学一种好听的曲调，不是更好吗？我可以教你。"他四面找，一个人也没有。奇怪极了，除了泉水和风，又有谁愿意当他的音乐教师呢？正在疑惑，那个声音又说："小弟弟，我在这里。你向绿叶深处仔细找，就看见我了。"祥儿向绿叶深处仔细找，原来是一只美丽的小鸟儿。小鸟儿机灵地从这根树枝飞到那根树枝，一边跳舞，一边唱着优美的曲调。绿叶围成的空间成了小鸟儿的舞台。

祥儿高兴地回答说："小鸟儿哥哥，你肯教我，我非常感激。"小鸟儿说："你听着我的曲调，把胡琴和着我的调子拉吧。"祥儿侧着耳朵听，很能理解小鸟儿用它的曲子说的什么话，就拉动弓和着。他的手腕越发地灵活了，轻重快慢都能随他的心意。胡琴的声音紧跟着小鸟儿的曲调，后来竟合成一体，分不出哪是小鸟儿的、哪是胡琴的了。祥儿和小鸟儿都开心极了，大家眼睛对着眼睛，微微地笑了。后来小鸟儿唱得口都渴了，对祥儿说："你学会的好听的调子越来越多了。我现在渴了，要到溪边去喝点儿水，顺便洗个澡。咱们以后再见吧。"小鸟儿说完，就飞出树林去了。

祥儿的胡琴拉得越来越好，拉出来的调子越来越奇妙。他的调子不是泉水的，不是风的，也不是小鸟儿的，他把三种曲调融合在一起，产生了新的曲调，就好像把几种颜色调和在一起，成了新的颜色一个样。他常常去看泉水，看泉水睡醒了没有。泉水对他说："你的曲调比我的好听多了。拉一曲给我听，催我睡着吧！"他常常去看风，跟风谈心。风对他说："你的曲调胜过了我的。拉一曲给我听，让我高兴高兴吧！"他常常去看小鸟儿跳舞，听小鸟儿唱歌。小鸟儿对他说："现在你可以教我了。拉一曲给我听，让我学会你的新曲子吧。"祥儿听它们这样说，心里快乐极了，就尽量把自己新编的曲调拉给它们听。泉水听着，安静地睡着了；风听着，微微地笑了；小鸟儿一边听，一边跟他学。

祥儿跟大自然的一切做朋友，经常把自己编的曲调拉给它们听。它们个个欢喜祥儿，都把自己的曲调演奏给祥儿听。祥儿的胡琴变得越来越奇妙，他能拉许许多多自己编的新鲜曲子。母亲早就快活得不得了，她对祥儿说："你拉胡琴，拉得跟你爸爸一样好了。我非常欢喜。你可以带着爸爸传给你的胡琴，把你自己编的曲子拉给世界上所有的人听了。"祥儿听母亲这样说，就带着胡琴，离开了小溪边的这所破屋子。

都市里有一所音乐厅，建筑十分华丽，台阶和柱子都是大理石的，舞台上有丝织的帷幕，有用鲜花做的屏障，还有许多金色的装饰品，叫人看着眼睛发花。大音乐家都在这里演奏过；演奏的时候音乐厅里坐满了人，男的女的，神态都很高雅，服饰都很华贵。他们闭着眼睛，轻轻地点着头，表示只有他们能够欣赏这样高超的乐曲。一曲完了，他们拍起手掌，轻轻的，很沉着，表示他们从乐曲中得到了快乐。演奏的音乐家的名声就越发增高了。

　　祥儿来到都市里，音乐厅也请他去拉胡琴。几天之前，街上已经贴满了彩画的大广告。广告上写着："奇妙的调子，新鲜的趣味，田野的音乐家。"这些字写得离奇古怪，格外引人注目。到了祥儿演奏的那一天，音乐厅里坐得满满的，自然都是经常来的老听客。他们都望着台上，张开了嘴，好像等着吃什么好东西似的。

　　祥儿走上台来了。他仍旧穿着他那半旧的青布衫，提着父亲传给他的那把胡琴。他向听众深深地鞠躬，听众们却在那里皱眉头。"咱们见过几百位上千位音乐家，哪里见过这样的乡下人！这把胡琴难看极了，就跟乞丐手里拿的一个样。"听众们正在这样想，祥儿把弓拉动了，琴弦发出的声音在音乐厅中流动。大家开头还很安静，可以听得十分清楚。可是才一会儿，听众说起话来了，开头还很轻，后来越急越响，好像潮水似的。祥儿的胡琴拉得越急越响，嘈杂的人声紧紧追了上来，而且盖过了胡琴的声音。隐隐约约听得他们在说："从来没听过这样的曲子！""乏味透了！""不知从哪儿来的乞丐！""是个骗子！冒充音乐家的骗子！""把咱们的耳朵都弄脏了，非得赶快回去洗一洗不可！"

　　听众们都站起来，纷纷走出音乐厅，都去洗他们的耳朵了。老绅士的胡子翘了起来，贵夫人搽着一层粉的脸也涨得通红，公子小姐都在喃喃地咒骂，表示无法忍住他们的愤怒。最后只剩下祥儿一个人站在台上。他再也拉不下去了，提着父亲传给他的那把胡琴，走出了音乐厅，回过头来，对这座大理石的建筑微微一笑。

祥儿回到小溪边，回到自己的又破又小的屋子里。母亲问他："我叫你带爸爸传给你的胡琴，把你自己编的曲子拉给世界上所有的人听，你怎么这样快就回来了？"祥儿回答说："人家不要听我的曲子，所以我回来了。"母亲笑着，把他的脑袋搂在怀里，对他说："人家不要听你的，我要听。你不要再出去了，在家里拉给我听吧。听了你的胡琴，我织起草席来更有劲了。"母亲吻着祥儿的双颊，好像他还是个小娃娃。

胡琴的声音常常从又破又小的屋子里传出来。在繁星满天的夏夜，在清风吹来的秋晚，在白雪铺满大地的冬天，在到处开满鲜花的春朝，近的远的村落都可以听到胡琴的声音。泉水淙淙琤琤，风时徐时疾，小鸟儿啾啾唧唧，都在跟胡琴的声音相和：田野就成了一个没有围墙的大音乐厅。

祥儿的胡琴带领大自然的一切奏起乐来，那美妙的声音，好像轻纱一般盖在人们的身上。又倦又乏的农夫恢复了精神，又困又累的磨坊工人又来了劲头，被火红的铁屑灼伤的小铁匠忘记了痛，死掉了儿子的老母亲得到了安

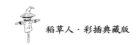

慰……所有的人都感到甜美,感到舒适。他们异口同声地说:"感谢祥哥的胡琴。"而这祥哥的胡琴,正是大理石音乐厅里的听众们所不愿意听的。

1922 年 4 月 3 日写毕

| 小感悟 |

大自然给予祥儿灵感,他的老师是泉水、清风、鸟儿,是大自然教会了他如何拉胡琴。他又把来自自然的三种曲调糅合,产生了新的曲调。新的曲调是一首自然的赞歌,它让泉水沉睡,让清风微笑,让鸟儿聆听,还让母亲快活。那些演奏厅的人不懂欣赏自然之歌也没有关系,祥儿的曲子给农夫、工人、铁匠、农妇带来了抚慰,这才是音乐真正的力量。

跛乞丐

　　街上那个跛乞丐，我们天天看见的，年纪已经很老了。蓬乱的、苍白的头发盖没了额角和眉毛；两颗眼珠藏在低陷的眼眶里，放出暗淡的光；脸上的皮肤皱得厉害，颜色跟古铜一样。从破烂的衣领里，可以看见他的项颈，脉络突出，很像古老的柏树干。他的左脚老是蜷曲着，不能着地，靠一根树枝夹在左胳肢窝里，才撑住了身子，不至于跌倒。

　　他在街上经过，站在每家人家、每家铺子的门前，发出可怜的沙哑的声音："叨光一个吧，好心的先生太太们！"人们总是用很厌烦的口气说："又来了，讨厌的老乞丐！"随手将一个小钱很不愿意地掷给他。小钱有时落在砖缝里，有时掉在阴沟边。他弯下了身子，张大了眼睛，寻找那跳跃出来的小钱。好久好久，捡到了，他就换过一家，重新发出可怜的沙哑的声音："叨光一个吧，好

心的先生太太们！"

独有街上的孩子们很喜欢他。他能够讲很多的、有趣的故事，使他们不想踢键子，不想捉迷藏，不想做一切别的玩意儿，只满心欢喜地看着他封满胡子的嘴，等候里边显现出美妙的境界和神奇的人物来。每当太阳快要下去、月亮快要上来的时候，他总坐在一棵大榆树底下休息。不必摇铃，不必打钟，街上的孩子们自然会聚集拢来，围在他的身边。于是他开始讲故事了。

跛乞丐讲的故事，孩子们都记得很熟。关于他自己的故事，就是左脚为什么跛了，他也讲给孩子们听过。以下就是孩子们转讲给我的。

他的父亲是个棺材匠。他十三四岁的时候，父亲对他说："你的年纪渐渐地大了，不可不会一点儿职业。我看就学了我的本业，你将来也当一个棺材匠吧。"

"不，不行。"他回答道，"我看见街上抬过棺材，人家总要吐一口唾沫。人家都不喜欢棺材这个东西。我要是当了棺材匠，不就得一生陪着棺材挨骂吗？所以我不愿意。"

父亲大怒道："你敢违抗我的话！我就是棺材匠，几时看见人家骂我讨厌我了？"

"我，我就讨厌你，就要骂你。好好一个人，不做别的东西，去做一个个木匣子，把人一个个装在里边！"

父亲怒到极点，举起手里的斧头就向他的头上劈过来。幸亏他双手灵活，抢住了斧头的柄，嘴里喊道："不要像劈木头一样劈你的儿子！我不是木头呀！"

父亲的手被挡住，狠劲也过去了，就说："饶了你这条小命吧！可是，你不肯继承我的本业，也就不是我的儿子了。今天就离开这里，不许你再跨进我的大门！"

他从此被赶出家门了。肚子渐渐有点饿了，他想，现出必须找一个职业了。但是做什么呢？一时拿不定主意。他就沿着街道走去，看有什么愿意做的事情。

有个孩子趴在楼窗上，望着街那头的太阳，天真地说："这是时候了，爸爸的心，爸爸的信，该在绿衣人的背包里吧。安慰人们的绿衣人呀，你快快来到我家的门前吧！"

他听了孩子的话，深深地点点头，仍旧朝前走去。

矮矮的竹篱内有一间书房，窗正开着。有个青年坐在里边，伏在桌子上写东西，忽然抬起头看看墙上的钟，满怀希望地说："这是时候了，朋友的心，朋友的信，该在绿衣人的背包里吧。安慰人们的绿衣人呀，你快快来到我的竹篱外边吧！"

他听了青年的话，更深深地点点头，仍旧朝前走去。

路旁是一个公园，有个女郎坐在凉椅上，对着花坛里的花出神。树上的鸟儿一阵叫，把她惊醒了。她四围望望，自言自语说："这是时候了，他的心，他的信，该在绿衣人的背包里吧。安慰人们的绿衣人呀，你快快来到我的家里吧！"她站起来，匆匆地走了。看她步子这样轻快，知道她的希望正像火一般地燃烧呢。

听了女郎的话，他很高兴地拍着手道："我已经选定了我的职业了！"

他奔到邮政局里，自称愿意当一个绿衣人。邮政局里允许了，给他一身绿衣服和一个绿背包。他穿上绿衣服，背上了绿背包，就跟每个在街上看见的绿衣人一模一样了。

他当绿衣人比别人走得快。他取了信连忙向背包里塞，背包胀得鼓鼓的，像胖子的肚子。他拔脚就跑，将每封信送到等候信的人的手里，还恳切地说："你的安慰来了，你的希望来了，快拆开来看吧！"说罢，他又急忙跑到第二个等候信的人的面前。

人们都非常欢喜他。从他手里接到信，除了信里的安慰，还先从他的话里得到安慰。所以人们只希望接到他送来的信。人们又想，发出去的信由他投送，收信的人一样可以得到分外的安慰，所以都愿意把信交到他的手里。

他的背包跟不断打气的气球一样，越来越鼓了。而别的绿衣人的背包跟乞丐的肚子一样，越来越瘪了。他背着沉重的背包，像羊一般地飞跑，不怕疲倦，也不想休息。

街旁有一所屋子，藤萝挂满了门框，好像个仙人住的山洞。他每回经过这家门前，总见一个姑娘站在那里，忧愁地问他："你的背包里可有他的心？"他很不安地回答说："很抱歉，没有他的信。"姑娘两手掩着脸，伤心地哭了。

姑娘盼望的是她情人的信，也是她情人的心。情人离开了她，去到了什么地方，她不知道，也没有来过一封信。她天天在门前等着，等候这可爱的绿衣人经过。可是她终于伤心地哭了，两手掩着脸。

这一天他经过这家门前，姑娘照旧悲哀地问他。他又只好回答："很抱歉，没有他的信。"姑娘好像要晕过去了，哭得只是呜咽。停了一会儿，才断断续续地说："三年前的今天，他离开了我。整整的三年，他没有一点儿信息，不知道他的心在哪里了！"说罢，更加呜咽不止。

他听了非常难过，就安慰姑娘说："你不要哭，滴干了眼泪是不好的。我一定替你去找寻，把你要的他的心带给你。三天，不出三天！"

姑娘止住了啼哭，向他点点头表示感激，含着泪水的眼睛放出希望的光。

他就日夜不停地走，穿过了白天不见太阳、夜晚不见月亮的树林，经过了没有水也没有草的沙漠，爬过了有毒蛇猛兽的峻峭的山岭，才找到了姑娘的情人所在的地方。他告诉姑娘的情人，姑娘怎样地思念，怎样地哀伤，怎样地啼哭。姑娘的情人被感动了，立刻写了一封很长的信、极真挚的信，把整个心藏在里边了。写好之后，就交给他，托他送给那个姑娘。

他拿了信，爬过了有毒蛇猛兽的峻峭的山岭，经过了没有水也没有草的沙漠，穿过了白天不见太阳、夜晚不见月亮的树林，来到姑娘的门前——来回刚好是三天工夫。

姑娘已经在门前等候，看见了他连忙问："我要的心，我要的心呢？"他不作声，就把信交给姑娘。姑娘马上拆开来看，越看越露出笑容，看到末尾就快乐地说："他爱我，他依然爱我呢！可爱的绿衣人，多谢你的帮助！"

"这算得了什么呢？只要你得到安慰，我什么都愿意的。"他高兴地回答。

他回到邮政局里。邮政局里因为他三天没有到差，罚去他一个月的工钱。他依然羊一般地飞跑，把安慰送给人们。

在街上，他常常遇见一个孩子，拦住他说："我有一封信，寄给去年的朋友小燕子，请你带了去吧！"他很不安地回答说："很抱歉，不晓得小燕子住在什么地方，没有法子替你带去。"那孩子呆呆地站着，现出失去了伴侣般的苦闷的神色。

孩子的朋友小燕子去年住在孩子家里，他们俩一同在屋檐下歌唱，一同到草地上游戏，一刻也不分离。秋天到了，小燕子忧愁地对孩子说："要跟你分别了，我的家族要迁居了。"孩子十分不愿意，但是没有法子，只得含着眼泪送走了她的朋友。小燕子去后，孩子十分想念，就写了一封信，希望最可爱的绿衣人能给她带去。可是她终于呆呆地站着，现出失去了伴侣般的苦闷的神色。

这一天他送信，在街上经过，一个妇人拦住了他。对着他哭，伤心得连话也说不成了，拿着一封信向他的背包里乱塞。他一看，就是孩子天天拿着的那封信，上面有些手指的污痕了。他问妇人说："孩子怎么了？"妇人勉强抑住了哭，哀求他说："我的孩子病了，昏倒在床上。她迷迷糊糊地说，一定要把她的这封信寄去。你给她带了去吧，可怜可怜我的孩子吧！"说罢，她的眼泪成串地往下掉。

他听了十分难过，就安慰妇人说："你不要哭，回去陪着你的孩子吧。我一定替她去找寻小燕子，把她的信送到。你回去告诉她，叫她放心。"

妇人收住了眼泪，向他说了声"多谢"，慈祥的脸上露出了一丝笑容。

他就日夜不停地走，经过了树木长得很高很大的炎热的地方，渡过了风浪险恶的海洋，才寻到了小燕子所在的海岛。他把信交给小燕子，并且告诉它，孩子怎样想念它，怎样害了病。小燕子快活地扑着翅膀说："我也给她写了一封信，没法寄，想念得快要生病呢。你既然来了，我的信就托你带去吧。"

他拿了小燕子的信，渡过了风浪险恶的海洋，经过了树木长得很高很大的炎热的地方，来到孩子的家里——来回一共是五天工夫。

孩子看见他，连忙问："我的信，我的心寄去了吗？"他把小燕子的信交给孩子，对孩子说："这是你没想到的东西。"孩子连忙拆开来看，快活得只是乱跳，欢呼道："它快来看我了！它快来看我了！可爱的绿衣人，多谢你的帮助！"

"这算得了什么呢？只要你得到安慰，我什么都愿意的。"他高兴地回答。

他回到邮政局里。邮政局里因为他五天没有到差，罚去他两个月的工钱。

有一天，他送信经过街上，看见一个猎人抱着猎枪，坐在凉椅上打盹儿，身旁堆着好几头打死的野兽。忽然听见有个很弱很弱的声音在招呼他："一封紧急的快信，烦你送一送吧！"他仔细一看，原来有一头野兔还没有死，血沾满了灰色的毛，凝成一团，样子很难看，眼睛已经睁不大开了，前爪拿着一封信。

他问野兔："你怎么啦？"野兔忍着痛回答说："我中了枪弹，快要死了。我死算不了什么，就是不放心我的许多同伴。我们这几天开春季联欢会，聚集在一起，在山林里取乐。我刚才听这位打盹儿的先生说'那边东西多，明天要约几个打猎的朋友，多多地打他一回'，就觉得我的死绝不是值得害怕的事情了。我的这封快信，就是要告诉我的同伴，不要只顾快乐；灾难快要到临，赶紧避开吧！"野兔的声音越来越弱，话才说完，四条腿轻轻地挺了几挺，就跟着它旁边的同伴一同长眠了。

他听着看着，心里很难过，不觉滴下眼泪来。他连忙拾起野兔的信，照着信封上写的地方奔去。越过了很深的山涧，爬上了很陡的崖石，钻进了很密的树林，他才到了野兔的同伴们聚集的地方。山羊、梅花鹿、野兔、松鼠，都在那里歌唱，都在那里跳舞；鲜美的果子堆得满地。

小兽们玩儿得正高兴，看见了他，觉得有点儿奇怪，都走过来打听。他把野兔的信交给小兽们。小兽们看了都非常惊慌，纷纷向密林中逃窜。正在这时候，起了一种嘈杂的声音。他才回转身，不知什么地方发来"砰"的一枪，一颗枪子打中了他的左腿，他昏倒了。

他醒来以后，用草叶裹了受伤的腿，一步一颠回到邮政局里。又是两天没有到差了，这是第三次犯过失，跛子又本来不适宜送信，邮政局就不要他了。

他再不能做什么事，就成了乞丐。

1922 年 4 月 14 日写毕

| 小感悟 |

罗曼·罗兰说过："爱是生命的火焰，没有它，一切变成黑夜。"蓬头垢面的跛乞丐曾经是为人送信的邮递员。他违反了邮局的纪律，却为他人点亮了生命之光，给人带来了安慰和希望。但是，他的结局令人唏嘘——他瘸了一条腿，什么都做不了，最后变成了乞丐。为他人带来希望的人，却坠入了无尽的黑暗。谁来帮助他，谁又能给他带来希望之光呢？

快乐的人

世界上有快乐的人吗？谁是最快乐的人？

世界上有快乐的人的，他就是最快乐的人。现在告诉你们他的故事。

他很奇怪，讲出来或者不能使你们相信，但是他确实这样奇怪。他周身包围着一层极薄的幕，这是天生的，没有谁给他围上，他自己也不曾围上。这层幕很不容易说明白。假若说像玻璃，透明得跟没有东西一样倒是像了，但是这层幕没有玻璃那么厚。假若说像蛋壳，把他裹得严严的倒是像了，但是蛋壳并不透明。总之，这层幕轻到没有重量，薄到没有质地，密到没有空隙，明到没有障蔽。他就是被这么一件东西包围着，但是他自己不知道被这么一件东西包围着。

他在这层幕里过他的生活，觉得事事快乐，时时快乐。他隔着这层幕看环绕他的一切，又觉得处处快乐，样

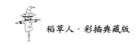

样快乐。

有一天，他坐在家里，忽然来了两个客人。这两个客人原来是两个骗子。他们打算弄些钱去喝酒取乐，就扮作募捐的样子，一直跑到他家里。因为他们知道，他自身围着一层幕，看不出他们的破绽。

两个客人开口向他募捐。他们的声音十分慈善，他们的话语十分恳切。他们说：受到旱灾的同胞饿得只剩薄皮包着骨头；受到水灾的同胞全身黄肿，到处都渗出水来；受到兵灾的同胞提着快要折断的手臂在哀哭，抱着快要死去的孩子在狂叫。他们说救济苦难的同胞是大家应当做的事，所以愿意尽一点微力，出来到处募捐。

他听了两个客人的话，心里十分感动：受灾的同胞这样悲惨，这样痛苦，他觉得可怜；两位客人这样热心救人，他又很敬佩。他从口袋里取出一大块黄金交到客人的手里。两个客人诚恳地道了谢，就告别了。出了大门，两个人互相看看，脸上现出狡狯的笑容，一同去喝酒取乐了。

他捐了一大块黄金，觉得非常快乐，他闭着眼睛想："这两位客人拿了我的黄金，飞一般地跑到受灾的同胞那边，把黄金分给他们。饿瘦了的立刻有的吃了，个个变得丰满而强健；浸肿了的立刻得到医治，个个变得活泼而精壮；快要折断的手臂接上了；快要死去的孩子救活了。这多么快活！"他又想："我能得到这样的快活，都靠这两位客人。我会遇到这样好的客人，又多么快活！"他快活极了，对着镜子里的自己只是笑。

他的妻子在里屋，知道他又给骗子骗去了一大块黄金。她一直不满意他这样做，很想阻止他，但是看着他堆满了笑意的脸，不知为什么又没有勇气直说了，只在心里实在气不过的时候，冷嘲热讽地说他几句。他听妻子的话全然辨不出真味，因为他周身围着一层幕。

一大块的黄金无缘无故到了骗子的手里，他的妻子的心里该有多么难过。她想这一回一定要重重实实地骂他一顿，教训他以后不要再上骗子的当。她满脸怒容，从里屋赶出来。但是一看见他堆满笑意的脸，她的怒气就发不出来了，骂他的话也在喉咙口哽住了。她只得脸上露出冷笑，用奚落的口气说："你做得天大的善事，人家一开口，大块的黄金就从口袋里摸出来。你真是世间唯一的好人！这样好事，以后尽可以多做些！做得越多，就见得你这个人越好！"

他看着妻子的笑脸，这么美丽，这么真诚，已经快乐得没法说了；又听她的话语这么恳切，这么富有同情心，更快乐得如醉如痴，不知怎么才好。他的嘴笑得合不拢来，肥胖的脸上都起了皱纹；一连串笑声像是老鹳夜鸣。

他好不容易忍住了笑，说道："我遇见的人没有一个不是好人，尤其是你，好到使我想不出适当的话来称赞，更觉得含有深浓无比的快活。我当然依你的话，以后要尽量多做好事。"他说着，带了几块更大的金子，向外面走去。

前面是一片田野，矮墩墩、绿油油的，尽栽些桑树。他远远望去，看见有好些人在桑林中行动。原来这时候正是初夏天气，蚕快要做茧了，急等着桑叶吃。养蚕的人昼夜不停地采了桑叶去喂蚕。桑林不是那些人自己的，他们得给桑林的主人付了钱，才能动手采。他们又没有钱，只好把破棉衣当了，把缺了腿的桌子凳子卖了，凑成一笔钱来付给桑林的主人。所以每一片桑叶都染着钱的臭气。这种臭气弥漫在田野间，淹没了花的香气、泥土的甘芳。养蚕的人好几夜没有睡了，疲倦的脸上泛着灰色，眼睛布满了红丝。他们几乎要病倒了，还勉强支撑着，两手不停地摘采，不敢懈怠。这样昏倦的人在桑林中行动，减损了阳光的明亮、草树的葱绿。

他走近桑林，一点也觉察不到采桑的人的困倦，也嗅不出遍布在桑林里的钱的臭气，因为他周身围着一层幕，虽然这幕是透明无质的。他只觉得满心的快乐。他想："这景象多么悦目，多么叫人心醉呵！那些人真幸福！采桑喂蚕，正是太古时候的淳朴的生活。他们就过着这种淳朴的生活呢。"他一边想，一边停了脚步，看他们把一条一条的桑枝剪下来，盛满一筐，又换过一个空筐子。不可遏止的诗情像泉水一般涌出来了，他的诗道：

> 满野的绿云，满野的绿云，
> 人在绿云中行。
> 采了绿云喂蚕儿，喂蚕儿，
> 蚕儿吐丝鲜又新。
> 髻儿蓬松的姑娘们，姑娘们，
> 可不是脚踏绿云的仙人！
> 身躯健壮的，胳膊健壮的，
> 可不是太古时代的快活人！

他得意极了，反复吟唱自己的新诗，似乎鸟儿也和着他吟唱，泉水也跟着他赞美。若有人问："快乐的天地在哪里？"他一定会跳跃着回答："我们的天地就是快乐的天地。因为在这天地间，没有一个人、一块石头、一根草、一片叶子不快乐。"

他走过田野，来到都市里。最使他触目的，是一座五层楼房。机器的声响从里面传出来，雄壮而有韵律。原来这是一所纺纱厂，在里面工作的全是妇女。做妻子的，因为丈夫的力气已经用尽，还养不活一家老小；做女儿的，因为父亲找不到职业，一家人无法生活：她们只好进这个纺纱厂来做工。早上天还没亮，她们赶忙跑进厂去；傍晚太阳早回家了，她们才回家。她们中午吃的，是带进去的冷粥和硬烧饼。她们没有工夫梳头，没有工夫换衣服，没有工夫伸个腰、打个呵欠，就是生下了孩子，也没有工夫喂奶。她们聚集在一处工作，发出一种浓厚的混污的气息，凝成一种惨淡的颓丧的景象。这种气息，这种景象，充塞在厂房以内，笼罩在厂房之外，这座五层楼房，就仿佛埋在泥沙里，阴沟里。

　　他走进厂房，一点也觉察不到四围的混污和颓丧，因为他周身围着一层幕，虽然这幕是透明无质的。他只觉得眼前的一切都有趣味。他想："这机器的发明真是人类的第一快乐的事呵！试看机器的工作，多么迅速，多么精巧！那些妇女也十分幸福，她们只作那最轻松的工作，管理机器。"他看着机器在转动，女工在工作，雪白的细纱不断地纺出来，诗情又潮水一般升起来了，他的诗道：

　　　　人的聪明，只要听机器的声音，

　　　　人的聪明，只要看机器的转动。

　　　　机器给我们东西，好的东西。

　　　　我们领受它的厚礼。

我赞美工作的女人，

洁白的棉纱围在周身，

虽然用的力量这么轻微，

人间已感激她们的力量的厚意。

他兴奋极了，反复吟唱自己的新诗，似乎机器也和着吟唱，女工们都点头赞叹。若有人问："快乐的天地在哪里？"他必然会跳跃着回答："这里也就是一个快乐的天地。因为在这里，没有一个人、一块铁、一缕纱、一条带不快乐。"

他走出纺纱厂，一大群人迎了上来，欢呼的声音像潮水一般，而且一齐向他行礼。这些人探知他带着很多的大块的黄金，想骗到手，然后大家分了买烟吸。他是不会知道底细的，他周身围着一层幕呢！

这些人中的一个代表温和地笑着，向他说："天地是快乐的，人是快乐的，先生是这么相信，我们也这么相信。我们想，咱们在快乐的天地间，做快乐的人，真是最快乐不过的事。这可不能没有个纪念。我们打算造个快乐纪念塔，想来先生一定是赞成的。"

"赞成！赞成！"他高兴地喊着，就把带来的大块的黄金都交给了他们。他们欢呼了一阵，就走了，后来把黄金分了，大家买了烟拼命地吸。他呢，欢欢喜喜地回到家里，只是设想那快乐纪念塔怎么精美，怎么雄伟；落成的那一天怎么热闹，怎么快乐。这天夜里，他的妻子听见他在梦中发狂般地欢呼。

以上说的，是他一天的经历。他的快乐生活都是这么过的。

有一天，大家传说他死了，害的什么病，都不大清楚。后来有人说："他并不是害病死的。有一个恶神在地面游行，要使地面上没有一个快乐的人，忽然查出了他，就把他的透明无质的幕轻轻地刺破了。"

1922 年 5 月 24 日写毕

| 小感悟 |

这是一个世界上最快乐的人的故事，不过这个最快乐的人生活在透明的幕里。这层透明的幕像一层滤网，又像一个保护层，隔着幕他觉得事事快乐，时时快乐。但是，一旦快乐的"泡泡"破碎了，他的世界也瞬间崩塌了。这层幕就像生活里的舒适区，一旦陷进去，看似风平浪静，实则危机重重。

聪明的野牛

在很远很远的树林子里，住着一群野牛。它们随意吃草，随意玩，来来往往总是成群结队的，非常快乐。

一天，它们正在树林里的草地上散步，忽然一个穿绿衣裳的邮差来了，给它们送来一封信。接信的那头牛看了看信封，高兴地喊："咱们住在城市里的同族给咱们寄信来了！"

旁的牛听见了，立刻凑过来，都很高兴地喊："快拆开来看！"

接信的那头牛把信拆了，用粗大的声音念起来：

咱们虽然没见过面，可是从祖先传下来，知道很远很远的地方住着我们的同族，就是你们。我们常常想念你们，常常希望有一天彼此聚在一块儿。你们想，长胡子的羊，大肚子的猪，并不是我们的同族，我们还挺愿意跟它们一块儿游逛，一块儿出来进去，何况你们是我们的同族呢。

我们这里挺好。住得舒服，是瓦盖的房子。吃得也好，是鲜嫩的青草。我们希望你们到这里来，咱们共同享受这些东西。你们住在树林子里，碰到下雨就糟了。你们那里恐怕只有些细小的茅草，这怎么吃得饱呢！来吧，跟我们共同享受这些好东西来吧。

现在什么事情都方便了，你们千万别嫌远，坐火车来，只要三天工夫就到了。你们没坐过火车吧？挺舒服的，车厢有木板围着，两块木板中间有一道缝，又透气，又可以看看外边的景致。你们应当见识见识。一准坐火车来吧。

我们在这里预备欢迎你们。

住在城市里的你们的同族

野牛听了信里的话，都觉得很快活，没想到那么远的同族，居然在远远的地方欢迎它们去共同享受好东西。可是问题来了：马上全体同去呢，还是不马上去，过几天再说呢？

一头野牛说："去去也可以。不过咱们没坐过火车，不知道那玩意儿容易坐不容易坐。你们没听信上说吗？虽说很方便，也差不多要三天工夫呢。"

又一头野牛说："它们说什么瓦盖的房子，不知道咱们住得惯住不惯。照我想，盖得看不见天，看不见四周围，住在里边总该有点儿气闷。"

第三头野牛说："它们说吃的是鲜嫩的青草，我怕吃不饱。咱们得吃又老又结实的草，这才有嚼头。"它说完，低头咬了一口草，很有味地嚼着。

第四头野牛说："总不该辜负它们的好意，咱们得想个妥善的办法。"

一头聪明的野牛仰起头，摇摇尾巴说："它们欢迎咱们去，咱们也愿意去。咱们怕的，只在去的时候不方便，到了那边住不惯。据我的意见，咱们不妨推举一位先去看看情形，顺便谢谢它们的好意。要是那边确是好，然后全体去。"

"这主意很好！"全体野牛一齐喊，同时都摇摇尾巴，表示赞成。

一头野牛说："我们就推举你去，你最聪明。"

"赞成！赞成！"大家又都摇摇尾巴。

那聪明的野牛立刻动身，代表全体野牛，到城市里去看望同族，参观它们的生活情形。

聪明的野牛到了城市，就从火车上下来。它觉得坐火车倒也有趣，树木都往后边跑，平地老是在那里旋转，这过去都没见过。只是那车厢太拘束了，这边也是乘客，那边也是乘客，身子连动都不能动。要是住在城市里常常要坐这个东西，就太不舒服了。

它想着，一面往四处张望。那边一大群牛瞧见它了，立刻都跑过来，喊："欢迎！欢迎！"接着，都围住它，跟它摩脸为礼，然后拥着它回到了它们的家。

到家以后，它们领着它看房子，请它吃槽里的草。并且说，这些全是人给预备的，不用它们自己费心。要是不高兴出去，成年住在这里也没什么忧愁。

野牛觉得不明白，它就问："人为什么要给你们预备房子和草呢？"

"那没有别的，他们跟我们有交情，所以给我们预备这些东西。"

"事情没这么简单吧？我要仔细看看，才会明白。"

"你看吧，"城市里的牛一齐笑起来，"你在这里住几天，就知道我们的生活多么舒服，人待我们多么好了。"

野牛住了几天，觉得这屋子很憋气，完全没有树林里的那种清风。草虽然是嫩的，可是不像野地的草那么有嚼头、有味道。这些都无关紧要，它想弄明白的是人跟它们的交情到底怎么样。

它跟着它们出去玩一会儿，这就让它看出来了。回到家里，它亲切地劝告它们说："你们弄错了，我看人跟你们并没什么交情。不然，为什么要拿鞭子打你们呢？"

"这有道理。这因为我们走错了路，不朝这里走，他一时招呼不过来，所以用鞭子指点我们。这不能算用鞭子打。"

野牛提醒它们说："你们真是让什么给弄迷糊了，还有可怕的事情等着你们呢。这个人实在是个屠夫！我刚才靠近他，闻到他满身的血腥气，正是咱们同族的血腥气。他为什么要盖房子给你们住，预备草料给你们吃，你们还想不明白吗？"

城市里的牛有点儿怕起来了，你看看我，我看看你，半信半疑地说："不见得吧？"

野牛说："不见得？还说不见得！等他把你们捆起来，拿出刀来的时候，你们后悔就来不及了。"

"那怎么办呢？"有几头牛垂头丧气地说。

野牛说："你们听我的话，大家离开这里就是了。"

"离开这里？哪里去住，哪里去吃呢？"

野牛说："世界上地方多得很。你们只要拔起腿来跑，什么地方不能去！你们一定要住房子吗？树林里的生活才痛快呢。你们一定要吃槽里的草吗？到处跑，到处吃地上的草，味道比这好得多。你们不要以为只有在这里才能生活，世界上都是咱们生活的地方。我们野牛就因为明白了这一层，所以从来没遇见什么危险。你们是永远住在危险

里头，赶快看清楚一点儿吧！"

一头母牛说："你叫我们离开这里，这怎么成呢？我们跑，人就要追。我们不回来，他手里有鞭子。"

野牛笑了，说："你们没试过，怎么知道不成呢？你们往四面跑，他去追哪一个好？等他不追了，你们还是可以聚集在一块儿。"

"我们为了自己的生命，只好试一下了。但是，离开这里去过流浪生活，不知道到底怎么样，想想也有点儿害怕。"

第二天，城市里的牛在一个空场上散步，野牛也在里头。

人的屋子里有清脆的磨刀声音。

野牛警告它们说："听见了吗？时候到了，不能再等了！"

城市里的牛都禁不住打哆嗦，你看看我，我看看你，说不出话来。

野牛英勇地喊："要生活的，就该拿出勇气来！你们忘了吗？拔起腿来跑！往四面跑！"

它这声音好像给大家灌注了一股勇气，大家立刻胆壮了，拔起腿来就往四面跑。它们跑了一会儿，久住的房子和常到的空场都撇在后头了。

看牛的人想不到有这么一回事，马上放下手里的刀，跑出来追。但是追哪一头好呢？他正在发愣，场里空了，一头牛也没有了。

许多牛从好几条路聚集在一块儿，大家说："离开老地方，原来也没什么困难。"

野牛说："跟我回去，尝尝我们野地生活的味道吧。"

它们就到野牛的树林子里，安适地活下去。

1924 年 5 月 17 日发表

| 小感悟 |

面对未知的前方，有人会勇敢地闯出一片天地，有的人却会停在舒适的地方，享受着安逸的生活。卢梭说过："要使整个人生都过得舒适、愉快，这是不可能的，因为人类必须具备一种能应付逆境的态度。"别在"舒适区"待太久，它会让你失去斗志。克服怯懦，走出"舒适区"，你会看见不一样的风景，开拓出更宽广的路。

古代英雄的石像

　　为了纪念一位古代的英雄，大家请雕刻家给这位英雄雕一个石像。

　　雕刻家答应下来，先去翻看有关这位英雄的历史，想象他的容貌，想象他的性情和气概。雕刻家的意思，随随便便雕一个石像不如不雕，要雕就得把这位英雄活活地雕出来，让看见石像的人认识这位英雄，明白这位英雄，因而崇拜这位英雄。

　　功到自然成。雕刻家一边研究，一边想象，石像的模型在他心里渐渐完成了。石像的整个姿态应该怎样，面目应该怎样，小到一个手指头应该怎样，细到一根头发应该怎样，他都想好了。他的意思，只有依照想好的样子雕出来，才是这位英雄的活生生的本身，不是死的石像。

　　雕刻家到山里采了一块大石，就动手工作。他心里有现成的模型，雕起来就有数，看看那块大石，什么地方应该留，什么地方应该去，都清楚明白。钢凿一下一下地凿，刀子一下一下地刻，大小石块随着纷纷往地上掉。像黄昏时星星的显现一样，起初模糊，后来明晰，这位英雄的像终于站在雕刻家面前了。真是一丝也不多，一毫也不少，正同雕刻家心里想的一模一样。

这石像抬着头，眼睛直盯着远方，表示他的志向远大无边。嘴张着，好像在那里喊："啊！"左胳膊圈向里，坚强有力，仿佛拢着他下面的千百万群众。右手握着拳，向前方伸着，筋骨突出像老树干，意思是谁敢侵犯他一丝一毫，他就不客气给他一下子。

市中心有一片空场，大家就把这新雕成的石像立在空场的中心。立石像的台子是用石块砌成的，这些石块就是雕刻家雕像的时候凿下来的。这是一种新的美术建筑法，雕刻家说这比用整块的方石垫在底下好得多。台子非常高，人到市里来，第一眼望见的就是这石像，就像到巴黎去第一眼望见的是那铁塔一样。

雕刻家从此成了名，因为他能够给古代英雄雕一个石像，使大家都满意。

为了石像成功曾经开过一个盛大的纪念会。市民都聚集到市中心的空场，在石像下行礼、欢呼、唱歌、跳舞；还喝干了几千坛酒，挤破了几百身衣裳，摔伤了很多人的膝盖。从这一天起，大家心里有这位英雄，眼里有这位英雄，做什么事情都像比以前特别有力气，特别有意思。无论谁从石像下经过，都要站住，恭恭敬敬地鞠个躬，然后再走过去。

人是最容易骄傲的，除非圣人或傻子。那块被雕成英雄像的石头既不是圣人，又不是傻子，只是一块石头，看见人们这样尊敬他，当然就禁不住要骄傲了。

"看我多荣耀！我有特殊的地位，站得比一切都高。所有的市民都在下面给我鞠躬行礼。我知道他们都是诚心诚意的。这种荣耀最难得，没有一个神圣仙佛能够比得上！"

他这话不是向浮游的白云说的，白云无精打采的，没有心思听他的话；也不是向摇摆的树林说的，树林忙忙碌碌的，没有工夫听他的话。他这话是向垫在他下面的伙伴大大小小的石块说的。骄傲的架子要在伙伴面前摆，也是世间的老规矩。但是他仍旧抬着头，眼睛直盯着远方，对自己的伙伴连一眼也不瞟，这就见得他的骄傲是太过了分。他看不起自己的伙伴，不屑于靠近他们，甚至还有溜到嘴边又咽回去的一句话："你们，垫在我下面的，算得了什么呢！"

"喂，在上面的朋友，你让什么东西给迷住心了？你忘了从前！"台子角上的一块小石头慢吞吞地说，像是想叫醒喝醉的人，个个字都说得清楚、着实。

"从前怎么样？"上面那石头觉得出乎意料，但是不肯放弃傲慢的气派。

"从前你不是跟我们混在一起吗？也没有你，也没有我们，咱们是一整块。"

"不错，从前咱们是一整块。但是，经过雕刻家的手，咱们分开了。钢凿一下一下地凿，刀子一下一下地刻，你们都掉下去了。独有我，成了光荣尊贵的、受全体市民崇拜的雕像。我高高在上是应当的，你们在我的下面垫底，就你们的身份说也是应当的。难道你们想跟我平等吗？如果你们想跟我平等，就先得叫地跟天平等！"

"嘻！"另一块小石头忍不住，出声笑了。

"笑什么！没有礼貌的东西！"

"你不但忘了从前，也忘了现在！"

"现在又怎么样？"

"现在你其实也并没跟我们分开。咱们还是一整块，不过改了个样式。你看，从你的头顶到我们最下层，不是粘在一起吗？并且，正因为改成现在的样式，你的地位倒不安稳了。你在我们身上站着，只要我们一摇动，你就不能高高地……"

"除了你们，世间就没有石块了吗？"

"用不着费心再找别的石块了！那时候就没有你了，一跤摔下去，碎成千块万块，跟我们毫无分别。"

"没有礼貌的东西！胡说！敢吓唬我？"上面那石头

生气了，又怕失了自己的尊严，所以大声叫喊，像对囚犯或奴隶一样。

"他不信，"砌成台子的全体石块一齐说，"马上给他看看，把他扔下去！"

上面那石头吓了一跳，顾不得生气了，也暂时忘了自己的尊严，就用哀求的口气说："别这样！彼此是朋友，连在一起粘在一起的朋友，何必故意为难呢！你们说的一点儿也不错，我相信，千万不要把我扔下去！"

"哈！哈！你相信了？"

"相信了，完全相信。"

危险算是过去了。骄傲像隔年的草根，冬天刚过去，就钻出一丝丝的嫩芽。上面那石头故意让语声柔和一些，用商量的口气说："我想，我总比你们高贵一些吧？因为我代表一位英雄，这位英雄在历史上是很有名的。"

一块小石头带着讥笑的口吻说："历史全靠得住吗？几千年前的人自个儿想的事情，写历史的人都会知道，都会写下来。你说历史能不能全信？"

另一块石头接着说："尤其是英雄，也许是个很平常的人，甚至是个坏蛋，让写历史的人那么一吹嘘，就变成英雄了；反正谁也不能倒回年代来对证。还有更荒唐的，本来没有这个人，明明是空的，经人一写，也就成了英雄了。哪吒、孙行者，不都是英雄吗？这些虽说是小说里的人物，可是也在人的心里扎了根，这就像小说跟历史也差不了多少。"

"我代表的那位英雄总不会是空虚的，"上面那石头有点儿不高兴，竭力想说服底下的那些石头，"看市民这样纪念他，崇拜他，一定是历史上的、实实在在的英雄。"

"也未必！"六七块石头同时接着说。

一块伶俐的小石头又加上一句："市民最大的本领就是纪念空虚，崇拜空虚。"

上面那石头更加不高兴了，自言自语地说："空虚？我以为受人崇拜总是光荣的，难道我上了当……"

一块小石头也自言自语地说："我们岂但上了当，简直受了罪——一辈子垫在空虚的底下……"

大家不再说话了，像是都在想事情。

半夜里，石像忽然倒下来，像游泳的人由高处跳到水里。离地高，摔得重，碎成千块万块。石像，连下面的台子，一点儿原来的样子也没有了，变成大大小小的石块，堆在地上。

第二天早晨，市民从石像前边过，预备恭恭敬敬地鞠躬，可是空场的中心只有乱石块，石像不知哪里去了。大家你看看我，我看看你，说不出一句话，无精打采地走散了。

雕刻家在乱石块旁边大哭了一场，哀悼他生平最伟大的杰作。他宣告说，他从此不会雕刻了。果然，他以后没

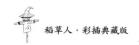

雕过一件小东西。

乱石块堆在空场的中心很讨厌,有人提议用它们筑市外往北去的马路,大家都赞成。新路筑成以后,市民从那里走,都觉得很方便,又开了一个庆祝的盛会。

晴和的阳光照在新路上,块块石头都露出笑脸。他们都赞美自己说:

"我们真平等!"

"我们一点儿也不空虚!"

"我们集合在一块儿,铺成真实的路,让人们在上面高高兴兴地走!"

1929年9月5日写毕

|小感悟|

平凡的石块突然变成了人们尊崇的对象,谁能受得了这样的追捧呢?空虚的崇拜让它迷失了自我,看不起同伴。它完全忘记了,自己不过是一块普通的石头。站得越高,摔得越狠。破碎后的石块,没人看它一眼。最后,它变成人们脚下实实在在的铺路石,虽然不起眼儿,但对别人有益,拥有了真正的价值。

书的夜话

　　年老的店主吹熄了灯，一步一步走上楼梯，预备去睡了。但是店堂里并不就此黑暗，青色的月光射进来，把这里照成个神奇的境界，仿佛立刻会有仙人跑出来似的。

　　店堂里三面靠墙壁都是书架子，上面站满了各色各样的书。有的纸色洁白，像女孩子的脸；有的转成暗黄，犹如老人的皮肤。有的又狭又长，好比我们在哈哈镜里看见的可笑的长人；有的又阔又矮，使你想起那些肠肥脑满的商人；有的封面画着花枝，淡雅得很；有的是乱七八糟的一幅，好像是一个打仗的场面，又好像是一堆乱纷纷的虫豸；有的脊梁上的金字放出灿烂的光，跟大商店的电灯招牌差不多，吸引着你的视线；有的只有朴素的黑字标明自己的名字，仿佛告诉人家它有充实的内容，无须打扮得花花绿绿的。

　　这时候静极了，街上没有一点儿声音。月光的脚步向来是没有声响的，它默默地进来，进来，架上的书终于都沐浴在月光中了。这当儿，要是这些书谈一阵话，说说彼此的心情和经历，你想该多好呢？

听，一个温和的声音打破了屋内的静寂。

"对面几位新来的朋友，你们才生下来不久吧？看你们颜色这样娇嫩，好像刚从收生婆①的浴盆里出来似的。"

开口的是一本中年的蓝面书，说话的声调像一位喜欢问东问西的和善的太太。

"不，我们出生也有二十多年了。"新来的朋友中有一个这样回答。那是一本红面子的精致的书，里面的纸整齐而洁白。"我们一伙儿一共二十四本，自从生了下来，就一同住在一家人家，没有分离过。最近才来到这个新地方。"

"那家人家很爱你们吧？"蓝面书又问，它只怕谈话就此截止。

"当然很爱我们，"红面书高兴地说，"那家人家的主人很有趣，凡是咱们的同伴他都爱，都要收罗到他家里。他家里的藏书室比这里大多了，可是咱们的同伴挤得满满的，没有一点儿空地方。书橱全是贵重的木料做的，有玻璃门，又有木门，可以轮替装卸。木门上刻着我们的名字，都是当今第一流大书法家的手笔。我们住在里面，舒

———————————

① 指接生婆。

服，光荣，真是无比的高等生活。像这里的书架子，又破又脏，老实说，我从来不曾见过。可是现在也得挤在这里，唉，我们倒霉了！"

蓝面书不觉跟着伤感起来，叹息道："世间的事情，往往就这样料想不到。"

"不过，二十多年的优越生活也享受得够了。"红面书到底年纪轻，能自己把伤感的心情排遣开，又回忆起从前的快乐来。"那主人得到我们的时候，心头充满着喜悦。他脸上露出十二分得意的神色，告诉他的每一个朋友说：'我又得到了一种很好的书！'他的声调既郑重，又充满着惊喜，可见我们的价值比珍宝还要贵重。每得到一种咱们的同伴，他总是这样。这是他的好处，他懂得待人接物应该平等。他把我们摆在贵重木料做的书橱里，从此再也不来碰我们——我们最安适的就是这一点。他每天在书橱外面看我们一回，从这边看到那边，脸上当然带着微笑，有时候还点点头，好像说：'你们好！'客人来了，他总不会忘记了说：'看看我的藏书吧。'朋友们于是跟他走进藏书室，像走进了宝库一样赞叹道：'好多的藏书啊！'他就谦逊道：'没有什么，不过一点点。可都是很好的书呢！'在许多的客人面前受这样的赞扬，我们觉得异常光荣。这二十多年的生活呀，舒服，光荣，我们真享受得够了！"

"那么你们为什么离开了他呢？"这个问题在蓝面书

的喉咙口等候多时了。

"他破产了！不知道为什么。我们只见他忽然变了样子，眉头皱紧，没有一点儿笑意，时而搔头皮，时而唉声叹气。收买旧货的人有十几个，凌乱地在他家里各处翻看，其中一个就把我们送到这里来了。不知道许多同伴怎样了。也许它们迟来几天，在这里，我们将会跟它们重新相聚。"

"这才有趣呢。你们来到这里，因为主人破了产；而我们来到这里，却因为主人发了财。"

说话的是一本紫面金绘的书。这本书虽然不破，但是沾了好些墨迹和尘土。可见它以前的处境未必怎么好，也不过是又破又脏的书架子罢了。它的语调带着滑稽的意味，好像游戏场里涂白了鼻子引人发笑的角色。

"为什么呢？"蓝面书动了好奇心，禁不住问。

"发了财还会把你丢了！"红面书也有点儿不相信，"像我们从前的主人，假如不破产，他是永远不肯放弃我们的。"

"哈哈，你们不知道。我的旧主人为了穷，才需要我和我的同伴。等到发了财，他的愿望已经达到，我们对他还有什么用呢？他的经历很好玩，你们喜欢听，我就说给你们听听。反正睡不着，今晚的月光太好了。"

"我感谢你。"蓝面书激动地说，"近来我每晚失眠，谁跟我说个话儿，解解我的寂寞，我都感谢。何况你说的一定是很有趣的。"

"那么我就说。他是个要看书而没有书的人，又是个要看书而不看书的人。怎么说呢？他本来很穷，见到书铺子里满屋子的书，书里有各种的学问，他想：如果能从这些学问中间汲取一部分，只消最小最小的一部分，至少可以把自己的处境改善一点儿吧。但是他买不起书。那时候，他是要看书而没有书。后来，他好不容易攒了一点儿钱，抱着很大的热心跑到书铺子里，买了几种他最想望的书。他看得真用心，把书里最微细的错误笔画都一一校出来了。靠他的聪明，他有了新的发现。他以为把整本书从头看到尾是很愚蠢的，简捷的办法只消看前头的序文。序文往往把全书的大要都讲明白了，知道了大要，不就是抓住了全书的灵魂吗？以后他买了书就按照他的新发现办，一直到他完全抛弃我们。因此，他的书只有封面沾污了，只有开头几页印上了他的指痕，此外全是干干净净的，只看我就是个榜样。你要是问他做什么，他当然是看书。但是单看一篇序文能算看书吗？所以我说，他要看书而不看书。"

"啊，可笑得很。他的发现哪里说得上聪明！"红面书像爽直的青年一样笑了。

"没有完呢！"紫面书故意用冷冰冰的口气说，"我还没有说到他的发财。你们知道他怎样发了财？他看了好几本书的序文，写了一篇文章，题目是《某某几本书的比较研究和批评》，投给了报馆。过了几天，报上把这篇文章登出来了，背后有主笔的按语，说这篇文章如何如何有意思，非博通各种学问的人是写不出来的。他得到了一笔稿费，这一快活真没法比拟。他想：'这才来了！改善处境的道路已经打开，大步朝前走吧！'于是他继续写文章，材料当然不用愁，有许许多多的书的序文在那里。稿费一笔一笔送到，名誉拍着翅膀跟了来，他渐渐成了不起的人物。学校请他指定学生必读的书，图书馆请他鉴定古版书的真伪。报馆的编辑和演讲会的发起人等候在他的会客室里，一个说：'给我们写一篇文章吧！'一个说：'给我们做一回演讲吧！'他的回答常常是'没有工夫想'。请求的人于是说：'关于书，你是无所不知的，还用得着想吗？你的脑子犹如大海，你只要舀出一勺来，我们就像得到了最滋补的饮料了。'他迟疑再三，算是勉强答应下来。请求的人就飞一般回去，在报上刊登预告，把他的名字写得饭碗一样大，还加上'读书大家''博览群书'一类的字眼。有一天，他忽然想到计算他的财产。'啊，成了富翁了吗！'他半信半疑地喊了出来。他拧了一下自己的大腿，感觉到痛，知道并非在梦中。他就想自己已经成了富翁，何必再去看那些序文呢？可做的事情不是多着吗？他招了个旧货商来，把所有的书都卖了，从此他完全丢开我们了。现在，他已经开了个什么公司在那里。"

"原来是这样！"蓝面书自言自语，它听得出了神。

"在运走的时候，我从车上摔了下来。我躺在街头，招呼同伴们快来扶我。它们一个也没听见，好像前面有什么好境遇等着它们，心早已不在身上了。后来一个苦孩子把我捡起来，送到了这里。"紫面书停顿一下，冷笑说，"我心里很平静，不巴望有什么好境遇，只要能碰到一个真要看我的主人，我就心满意足了。"

"真要看书的主人，算我遇到得最多了。然而也没有什么意思。"说这话的是一本破书，没有封面，前后都脱落了好些页，纸色转成灰黑，字迹若有若无。它的声音枯涩，又夹杂着咳嗽，很不容易听清楚。

红面书顺着破书的意思说："老让主人看确乎没有意思，时时刻刻被翻来翻去，那种疲劳怎么受得了。老公公，看你这样衰弱，大概给主人们翻得太厉害了。像我以前，主人从不碰我，那才安逸呢。"

"不是这个意思。"破书摇摇头，又咳嗽起来。

"那倒要听听，老公公是什么意思。"紫面书追问一句。它心里当然不大佩服，以为书总是让人看的，有人看还说没意思，那么书的种族也无妨毁掉了。

"你们知道我多大年纪？"破书倚老卖老地问。

"在这里没有一个及得上你，这是可以肯定的。你是我们的老前辈。"蓝面书抢出来献殷勤。

"除掉零头不算，我已经三千岁了。"

"啊，三千岁！古老的前辈！咱们的光荣！"许多静静听着没开过口的书也情不自禁地喊出来。

"这并不稀奇，我不过出生在前罢了，除了这一点，还不是同你们一个样？"破书等大家安静下来，才继续往下说，"在这三千多年里头，我遇到的主人不下一百三十个。可是你们要知道，我流落到旧书铺里，现在还是第一次呢。以前是由第一个主人传给第二个，第二个又传给第三个，一直传了一百几十回。他们的关系是师生：老师传授，学生承受。老师干的就是依据着我教，学生干的就是依据着我学。传到第一二十代，学起来渐渐难了，等到明白个大概，可以教学生了，往往已经是白发老翁。再往后，当然也不会变得容易一些。他们传授的越来越少了，在这个人手里掉了三页，在那个人手里丢了五页，直把我弄成现在这副寒酸的样子。"

"老公公，你不用烦恼，"蓝面书怕老人家伤心，赶紧安慰它，"凡是古老的东西总是破碎不全的。破碎不全，才显得古色古香呢。"

"破碎不全倒也没有什么，"破书的回答出乎蓝面书的意料，"我只为我的许多主人伤心。他们依据着我耗尽心力学，学成了，就去教学生。学生又依据着我耗尽心力学，学成了，又去教学生。我被他们吃进去，吐出来，是一代；再吃进去，再吐出来，又是一代。除了吃和吐，他们没干别的事。我想，一个人总得对世间做一点儿事。世间固然像大海，可是每一个人应该给大海添上自己的一勺水。我的许多主人都过去了，不能回来了，他们的一勺水在哪里呢！如果没有我，不把吃下去吐出来耗尽了他们的一生，他们也许能干点儿事吧。我为他们伤心，同时恨我自己。现在流落到旧书铺里，我一点不悲哀。假若明天落到了垃圾桶里，我觉得也是分所应得。"

"老公公说得不错。要看书的也不可一概而论。像老公公遇见的那许多主人，他们太要看书，只知道看书，简直是书痴了，当然没有什么意思。"紫面书十分佩服地说。

月光不知在什么时候默默地溜走了。黑暗中，破书又发出一声伤悼它许多主人的叹息。

1930 年 2 月 1 日发表

| 小感悟 |

书是承载知识的海洋，不是装点门面的工具，也不是沽名钓誉的手段。把书本和实际生活联系起来，让知识指导我们更好地生活，这才是有意义的阅读。

熊夫人幼稚园

　　儿童刊物《儿童世界》登载过一种连环画，接连有好多期，叫作《熊夫人幼稚园》。在那熊夫人开设的幼稚园里，有虎儿、鸡儿、猴儿、猪儿、象儿、麒麟等孩子，他们很淘气，常常想方设法作弄熊夫人，结果受到熊夫人的训诫和斥责。故事都非常有趣，小朋友看了总不会忘记。有些小朋友也许会在梦里走进那个幼稚园，跟虎儿、猴儿们一起玩呢。

　　现在讲的是那个幼稚园最末了的故事。

　　熊夫人是一位热心的、真诚的教育家。什么叫作教育家？就是教导孩子们，养护孩子们，使孩子们样样都好，样样都长进的。教育家前头又加上"热心的"和"真诚的"，可知熊夫人绝不是随随便便的、马马虎虎的教育家。她当教育家不惜用全副的精神，并且希望收到完满的效果。

一天午后，孩子们刚从午睡醒来，大家神清气爽，一对对小眼睛看着熊夫人闪闪地耀光。他们都一声不响，仿佛在等候熊夫人嘴里出现什么神奇的故事。熊夫人看孩子们这样安静，心里十分愉快。她想：这时刻不像平常那样闹嚷嚷的，如果把早就想问他们的问题在这时刻提出来，真是再适宜没有的了。

熊夫人轻轻拍了几下手掌——这是她的习惯，跟孩子们说话之前总得先拍几下手掌，然后用她那温和的语调说："孩子们，我要问你们几句话，请你们各自回答我，说得越仔细越好。你们怎么想就怎么说，不要隐藏一丝儿在脑子里。"

象儿有点儿呆气，但是很听熊夫人的话。他说："知道了，我决不隐藏一丝儿。老师，您要是不相信，可以割开我的脑壳来看。"

猴儿性急，他想起前一回猜中了谜语，得到熊夫人奖赏的糖果，不禁咽了一口唾沫。他盖住孩子们的笑声，喊着说："老师，您快问吧。我们回答得仔细，您可不要舍不得糖果。"

"糖果！""糖果！"孩子们的舌尖上仿佛感到有点儿甜，都咂起嘴来。

"现在我发问了，"熊夫人又拍了几下手掌，引起孩子们的注意，"你们为什么要到我这里来？这句话明白吗？

换一句话说，就是你们要从我这里得到些什么？你们各自把想望的告诉我吧，最明白自己的莫过于自己。"

虎儿的手立刻举起来了，身子也耸起了半截。接着，别的孩子也举起手，都表示愿意回答。

熊夫人感激地笑了。她指着虎儿说："照我们平时的规则，虎儿先举手，你先说给我听。"

虎儿得意地站起来，捋着虎须，一双眼珠子向四周一扫，表示他的威武。他响亮地说："老师，您当然知道我属于怎样一个种族。我们是喝别种动物的血、吃别种动物的肉过日子的。就是眼前这些同学，他们的祖先大半进了我们的祖先的胃肠！"

像鸡儿那样比较弱小的孩子，听到这话不禁浑身颤抖，眼睛定定的，好像大祸就在面前。象儿却不觉得什么，他带着嘲笑的口气提醒虎儿说："虎儿，这里不是山林，难道你要学你的祖先，做出些不体面的事来吗？"

"不，"虎儿直爽地回答，"我现在年纪还小，还在吃奶，不必学我的祖先。但是生活方法天然注定，非喝别种动物的血、吃别种动物的肉不可，这有什么办法？我将来一定得跟我的祖先一样生活，这是无须忌讳的。"他转向熊夫人说："老师，因为我将来一定得跟我的祖先一样生活，所以要请您指导，练成跟我的祖先一样的本领。我们有一种特别的技能，叫作'虎啸'，伸长了脖子呼啸一声，能使周围的动物个个失魂丧魄，寻不见逃生的路，只好伏在那里等待我们走过去开宴。这种技能，我是必须练成的，希望您好好地给我指导。我们又有一种扑攫的功夫。别的动物离我们还比较远，我们能够像生了翅膀似的扑过去把他攫住，又一定攫住大动脉的部位，使他无论如何不能逃生，还便于吸尽他的最精华的血液。这种功夫也是我必须练成的，希望您给我好好地指导。此外没有了。"

熊夫人闭了闭眼睛，把虎儿的话想过一遍，记住他所希望的是什么，然后向鸡儿点头问道："鸡儿，现在轮到你了。你想望些什么？回答我，要像虎儿说的那样清楚。"

鸡儿不先开口，他的头向左边一侧，又向右边一侧，表示他想得很深，想得很苦。"老师，我们种族的命运，大概您不会不知道吧。生下可爱的蛋来，一会儿就不见了。走到垃圾桶旁边，经常看见蛋壳的碎片。我们一家老小往往不能守在一块，不是丢了爷，就是抛了娘。什么地方去了呢？正如刚才虎儿说的，进了别种动物的胃肠，就此完了！我想这样的世界太不对了，为什么要用这一种动物的血和肉来养活那一种动物呢？被吃掉的太苦痛了，吃掉人家的太残酷了。改变过来吧，让世界上没有被吃掉的，也没有吃掉人家的吧。这不是办不到的事，只要改变大家的心，改变大家的习惯。老师，我虽然只是个小的生命，我的志愿可不小。我要劝说人家，把心改变过来，再不要做那种太残酷的事了。从近便的开头，自然先轮到同学虎儿，他年纪还小，残酷的习惯还没有养成。至于我自己，我已经打定主意不吃那些小虫子了，吃些菜叶、谷粒一样过日子。但是用什么方法劝说人家才能见效呢？我现在一点儿把握也没有，希望老师好好地指导我。就是这么一点儿要求，再没别的了。"

"我决不听他的劝说。"虎儿举起手抢着说，不等熊夫人开口，"他说的是一种可笑的空想。没有被吃掉的，也没有吃掉人家的，这还成什么世界！不如说索性不要这个世界倒来得彻底些。他那种族的命运不大好，我相信；但是这应该怪他自己，他为什么要做鸡儿，为什么不做我虎儿呢？鸡儿生来就是预备被吃掉的。"

熊夫人听了虎儿的话，心里有点儿糊涂，鸡儿说得有道理，虎儿说的正相反，可是似乎也有道理。她怕虎儿当场就做出没规矩的事来，破坏幼稚园的和平，就用不太严重的口气禁止他说："虎儿，我没有叫你说话，你等会儿再说。现在猪儿站起来回答我吧。要注意你的鼻音。你的鼻音太重了，有时候人家听不清楚你的话。"

猪儿说："我的命运完全跟鸡儿一样，不必多说。可是我的意思完全跟鸡儿不同。你想劝说人家，不要再做太残酷的事，虎儿说这是空想，我说你简直在做梦！力量只有用力量去抵挡。一边是力量，一边却空空的一无所有，吃亏是当然的。我想我们种族从前也有过光荣的时代，生活在山林之中，长着锋利的牙齿，奔驰来去，谁也不敢欺侮。只因后来改由人家饲养，一切生活就受人家的支配。人家给我们吃点儿东西，归根结底是为了长胖他们自己的身体。我们的同伴又彼此分散，有的在这一家，有的在那一家，不能互相联络，这才落到现在这样倒霉的地步！然而，我并不悲伤，我望见前面有重见光明的道路。如果我们全体能够联络在一起，就是非常伟大的力量，哪怕是虎儿的种族，也尽可以同他们对垒一下！"猪儿说到这里，一双小眼睁得很大，放射出勇敢的光辉。孩子们都觉得今天猪儿跟平时大不相同，他激昂慷慨，竟像一个准备临阵的战士。

虎儿又抢着说："好，将来咱们对垒一下，看到底谁胜谁负！"

"虎儿，你不要开口。猪儿，把你的话说完了。"熊夫人皱起眉头，看看虎儿，又看看猪儿。

猪儿摇着他的大耳朵继续说："我们可以立定志向，生活不再受人家的支配；我们吃东西，只为我们自己要生活，不再为了养肥人家。这样，光荣的时代就回来了！现在要老师指导我的是实现我这志愿的方法。彼此分散的同伴怎样才能联络在一起呢？大家一致的志向怎样才能立定呢？亲爱的老师，等到我明白了这些方法，我就好去做我要做的事了！"

"唔！"熊夫人从眼镜上面看着猪儿。她想，这是又一套希望，很值得同情，也得给他满足才好。但是幼稚园里教孩子只能走一条道路，如果依着猪儿的希望，就不能满足虎儿和鸡儿；依着虎儿的或者鸡儿的，情形也相同。到底走哪一条道路好呢？她委实决定不下来。她心里很乱，好像一个没有主意的人到了岔路口，不知该往哪个方向走才好。她只好再问："麒麟，你希望我给你些什么呢？"

麒麟是个非常漂亮的孩子。他站起来，昂着头说："爸爸妈妈送我到这里来以前，曾经这样说：'孩子，我们是高贵的种族，这一句话你必须永远牢记！我们昂着头，专吃那树顶上的叶子，这就是高贵种族的一个证据。我们当然不用干什么活，只有牛呀马呀那些贱东西才干活。但是你在家里太寂寞了，怕会闷出病来。送你到幼稚园去，让你跟孩子们玩玩，消磨那悠闲的岁月吧。'于是我到这里来了。老师，您什么也不必教给我，只要让我安安逸逸地消磨悠闲的岁月就成了。"

"原来如此！"熊夫人感到不大愉快，只点了点头，表示听明白了。她又问猴儿："猴儿，你又怎么说？"

猴儿听熊夫人唤到他，身子一跃，就站在椅子背上，眼睛骨碌碌地乱转，像个玩杂耍的孩子。他说："老师，您总该读过《西游记》吧？《西游记》里有个孙行者，他偷过王母娘娘的蟠桃。我也想吃王母娘娘的蟠桃，可是不知道怎样上天去，怎样把蟠桃偷到手。这一件您教给了我，我感激您三千年，三万年！"

"要我教你偷……"熊夫人气得再也说不下去。她全身索索发抖，把眼镜抖了下来，露出两颗定定地瞪着的眼珠。

第二天，幼稚园关门了，因为熊夫人想了一夜，拿不定主意依哪个孩子的希望来教才好。她知道，不拿定主意胡乱教下去是没意思的。于是她就把孩子们一个个送回家去，把"熊夫人幼稚园"的牌子摘了下来。

1931 年 2 月 1 日发表

| 小感悟 |

这是一篇令人深思的童话。这些小动物个性迥异，理想各有不同，作为老师的熊夫人一时间竟然不知道该怎么办了。如果你是熊夫人，能否将这几位学生的个性和各自的愿望总结成一个呢？孔子曾提倡"因材施教"，对待不同的学生使用不同的教授方法，这样才能帮助每一个学生发现自己的长处，扬长避短，成为理想的自己。

绝了种的人

　　考古学家发掘很深的地层，得到一副骸骨，不像现在的人，但确实是人的骸骨。骷髅同平常人一样大。脊骨又细又短，跟骷髅很不相称，好像一个萝卜拖着一条小尾巴。四肢的骨骼更细得不成样子，简直像四根很细的毛连在那小尾巴上，粗心一点儿就看不清。

　　这个新发现轰动了所有的考古学家，他们想要知道这是一种什么人，这种人过着怎样的生活，为什么会绝了种。你得相信，考古学家真有那种本领，只须看到一块骨头，就能知道一种动物的生活和历史；何况现在全副的骸骨都摆在他们的面前，一小节骨头也不缺少。

　　经过了多时的研究，考古学家把这种人的生活和历史完全弄明白了。这种人不是人类学上已经登记过的古代人，学名叽里咕噜怪难记的；这是另一种族，时代比人类学上已经登记过的古代人还要早几十万年。关于这种人生活的情形和绝种的经过，考古学家有详细的学术报告书，印成专册在全世界发行。现在把报告书的大概讲一讲。

　　这种人的祖先并不是这般形象的，头颅、身体、四肢，都很相称，同现在的人差不多。他们各自凭劳力过活，或种田地，或制货品。因为大家这样做，生产出来的东西足够大家吃用。他们的身体都很强健——身体强健全靠劳动，这虽然是小学教科书里常见的话，确实很有道理。

　　后来有一些人贪起懒来，仿佛觉得不花一丝力气，白吃白用，更为幸福。他们就这样做了。自己既不劳动，吃的用的当然是别人生产的。他们对着这种幸福的新生活，还有一点儿不大宁帖①：以前自己也劳动的时候，吃东西下咽很滑溜，现在却有点儿哽哽的了；以前享用一件东西，舒舒服服，称心适意，现在却像偷了人家的东西似的。这是羞惭的意念在那里透出芽来。怎么办呢？要去掉这一点儿不宁帖才好。这些人于是想出一个理由来为自己辩护，遏住那羞惭的芽。

　　理由是说他们劳了心；劳了心的就用不着劳力；劳心劳力，两件之中劳了一件就成了。

　　特地想出来的为自己辩护的理由，往往越想越觉得对，犹如相信自己长得美的，越照镜子就越觉得自己长得

————————

① 宁帖：安稳。

美。理由对，那么劳心岂不是一件很有价值的事，值得尊敬、值得歌颂吗？他们便想出尊敬自己、歌颂自己的种种方法来：譬如说，劳心得安安逸逸坐在宫殿里才成，不比劳力不妨冒着风霜雨雪，这是一；劳心是要写起方丈的大字刻在高山的石壁上的，不比劳力把力量用尽就完事，这是二……

还有一种方法必须得讲一讲。他们请教变戏法的替他们布置一种魔术的场面，布置停当了就开大会，让所有的人都来看。魔术开始了，轰然一声，五彩的火光耀得人眼睛昏眩，火光中仿佛有龙、凤、麒麟、驺虞等禽兽在舞蹈。不知什么地方奏起音乐来，那些禽兽的舞蹈合着音乐的节拍。在中央，高高地显出那些劳心的人，似乎凌空的，并不倚着或者坐着什么东西。他们穿的衣服画着莫名其妙的花纹和色彩，质料不像普通的丝棉毛羽。他们的神色非常庄严，眼睛看着鼻子，一笑也不笑，像庙里的神像。不等众人看得清楚，又是轰然一声，火光全灭了。大家的鼻子前边拂过一阵浓烈的松脂气和硫黄气。但是大家不免这样想："他们劳心的人好像真有点儿特殊，不然怎么能高高地显现在中央，而且什么也不倚傍呢？"

自己尊敬、自己歌颂的结果，羞惭的芽早就烂掉了，代替羞惭的是骄傲的粗干。"劳心的人和劳力的人应该分属于两个世界，比方说劳心的人在天上，那么劳力的人岂止在地下，简直在十八层地狱里。"那些骄傲的心这么想。

劳心的人到底劳的什么心呢？一定有人要这样问。这里不妨大略讲一点儿。

有些人自信有特别的才能，会替天下人想各种的方法。比如有人问，做人应该怎么做？他们就回答，做人要一天到晚，一晚到天亮，一刻不停地劳力，直到临死，还得把这样的好榜样传给子孙；比如再问，应该崇拜什么样的人？他们就回答，最切实、最可靠只有崇拜他们，因为他们是现成的摆在那里的伟大高尚的人物。他们代天下人想出来的许多意见往往写成书籍，流传后世，成为宝贵的经典。

有些人懂得数学，能够计算劳力的人生产出多少东西来。比如有三百一十七升谷子，他们能算明白这就是三石一斗七升①。又懂得兑换的事情，一块大洋可以换几个小银圆，一个小银圆可以换几个铜子儿，他们弄得很清楚。计算和兑换的结果，他们家里谷子和银洋积得很多，人家称他们为富翁。

有些人编成一种戏文，分配停当角色，排练纯熟，预备喜庆祝贺的时候演唱；或者日子太空闲，生活太无聊，就敲起锣鼓来演唱。戏文里的故事往往是滑稽的，不是美丽的公主同小白兔结婚，便是穷书生梦里中了状元。看演

---

① 十升等于一斗，十斗等于一石。

戏文的自然也是劳心的人，他们劳心，才懂得那戏文的高妙。

也说不尽许多，总之这班劳心的人没有生产出一粒谷子、一个瓦罐来。他们取各种东西吃用，也不想想这些东西怎么生产出来的。

中间也有少数人专门帮助劳力的人想办法。他们或者研究种植的道理，使本来收一升的得收一升半；或者研究制造的技巧，使本来粗陋的制品得以精良。但是他们自己从来不动手。倘使你要从他们那里得一点儿可以吃的可以用的东西，他们也只能给你一双空空的手。

劳力的人怎样呢？一部分人传染了贪懒的毛病，同时羡慕那体面显耀的劳心生活，也想加入劳心的一群。可是这时候不比以前了，不能够想怎样便怎样，要加入劳心的一群先得受一番训练。正好那些老牌的劳心的人开出许多学校来，专收羡慕劳心的人，教授劳心的功课。来学的学生塞满了每一间教室。他们个个明白，只待毕了业，那就堂而皇之是劳心的人了，他们的地位在上面的一个世界，有种种的安适和光荣。

每一个劳力的父亲送儿子进学校，对他这样祝祷："现在送你进学校，祝你永与劳力无缘！你将来是劳心的人，一切的安适和光荣都属于你！你尽管白吃白用，快乐无穷！"

儿子自然笑嘻嘻地跳进学校，连吞带咽学习那些劳心的功课。有些因为异常用功，没到规定的年限就毕了业。毕业以后的情形完全合着父亲的祝祷，那是不待说的。

学校里学生越来越多，就是劳力的人越来越少。生产出来的东西渐渐不够大家吃用，这成为全种族的重大问题。

有什么方法增多生产的东西呢？

劳心的人到底劳惯了心，他们略微一想，方法就来了。"这很容易，只须让劳力的人加倍劳力就行了。"

事情就照这样做了。劳力的人加倍劳力，生产的东西也加一倍；虽然有许多白吃白用的人，但也勉强足够分配。

劳心的人于是开庆祝大会，庆祝他们的主张成功实现。那一天，单是葡萄酒一项就倒空了几千万桶，这酒当然是劳力的人酿的。

但是劳心的人还有一件未免懊丧的事。他们取历代祖先的照片来对比，发现一代比一代瘦弱。他们看看自己的躯体，细得像一竿竹，四肢像枯死的树枝，只有头颅还同祖先一样，不曾打折扣；皮色是可怜地白，好像底层没有一丝儿血流过。生活虽安适而光荣，但这样的瘦弱总是大可忧虑的。

劳心的人当然明白这完全是太不劳力的缘故。他们想这样下去可不行，也得劳点儿力才好。于是他们做一种打球的游戏。打了二下走向前去，寻到那个球再打一下，再走向前去，这是全身的运动。但是他们不高兴自己带打球的棒，另外雇一些人给他们背袋子，把打球的棒插在袋子里。被雇的自然是劳力的人。

这种游戏成为一时的风尚。无数的田亩开辟做打球的场地。本来是种稻麦蔬菜的，现在铺着一碧如绒的嫩草。一组比赛者跟着另一组比赛者，脚步匀调而娴雅，像电影中特别慢的镜头。可爱的小白球在空中飞过，背打球棒的人追赶着小白球，看落在什么地方，弄得满头是汗。

有少数人眼光比较远一点儿，说这样不大好，与其打这无谓的球，何不径去耕一亩田、织一匹布。人要生活，总要吃要用，而各种东西总得由劳力生产。眼看情形很危险，劳力的人好像中了魔，大批大批地向劳心的群里钻，说不定会有一个也不剩的那一天，真个不堪设想。不如预先防备，每个劳心的人劳一点儿力，不论研究什么事情的，都兼做劳力的工作。

这个意见使全体劳心的人哄然发笑。

"谁愿意听这样没出息的意见！劳力的人尚且要拥进学校升为劳心的人，难道我们反而要降下去吗？在地上的人希望爬到席上，我们在天上，却要自己跌到十八层地狱底里？我们没有那么傻。危机并不是没法儿排除的，方法很简单，教劳力的人再加倍劳力就是了。"

那些眼光比较远一点儿的人看到大家都不同意，而他们自己又本来没有真个去劳力的勇气，也就罢了。

打球的游戏太轻松了，并不能恢复劳心的人的体格。他们摇摇摆摆在路上往来，像盂兰盆会中出现的那些纸糊的大头鬼——头颅实在并不大，只因为肢体太小，头就显得特别大。

劳力的人挡不住加倍又加倍的重任，就连本来不想贪懒的人也只好投入劳心的学校，希望透一透气。

到最后一个劳力的人进了学校，这一种族便绝灭了。他们是饿死的。

1931 年 4 月 30 日发表

| 小感悟 |

这则寓言故事中，劳心的人懒惰成性，故意抬高自己的地位，甚至蒙骗劳力的人。这似乎像极了我们生活中的某类人。靠脑力工作的人和靠体力工作的人，并没有高低贵贱之分。劳动人人平等，只不过分工有所不同。只有劳动才能创造财富，也只有共同协作，才能保证我们的社会结构不偏废，国家才能和谐发展，不断地进步。

最有意义的生活

　　一块小青石和一块小黑石被山水冲到滩上，停留在许多石块中间，已经一年光景了。它们身旁长着青青的草，开着可爱的小花，常常有蝴蝶和蚱蜢飞来。它们的生活平静极了，安适极了。

　　一天，小青石对小黑石说："太安静了，有点儿不习惯！"

　　小黑石回答说："是的，真个太安静了。回想被山水冲下来的时候，迷迷糊糊的，不知道将要怎么样了，那情形真跟梦里一般。"

　　小青石说："这样安静的日子，我过厌了。一年到头待在这儿，太乏味了。要是我能够跟蝴蝶和蚱蜢一个样，想去哪儿就去哪儿，那该多好呀！"

　　小黑石想了一会儿才说："别胡说了，咱们石头的天性就是老待着不动的。"

"虽说是天性，老待着不动有什么出息呢？"小青石说，"在山上咱们的老家里不是有许多水晶和玛瑙吗？它们都到都市里去了，有的成了姑娘的发簪，有的成了哥儿的纽扣。它们到处都去，长了不少见识，过着有趣的生活。我身上也有好看的光彩，到了都市里，说不定也会成为姑娘的发簪，成为哥儿的纽扣。"

"你的话也许没错。"小黑石说，"可是你怎么去呢？"

小青石说："我希望有谁把我捡去，带到都市里，老待在这里真把我闷死了。再说，要是山上发大水，把咱们一直冲进了大海，那就完了。咱们沉入海底，永远没有出头的日子了。"

小黑石被太阳晒得暖洋洋的，非常舒服，它只觉得小青石的话越来越模糊，一会儿就睡着了。

过了几天，石滩上来了一群工人。他们用铁铲铲起石块，投进小车；又把小车推上岸，把小石头装上火车，运进都市去。

小青石得意地想："我就要到都市里去了！说不定会跟水晶和玛瑙碰头吧。我将会成为发簪还是成为纽扣呢？不管成为什么都一样，总之是姑娘和哥儿的朋友了。喂，快把我也铲起来吧！"

果然，小青石和小黑石跟别的小石头一起，被铁铲铲起来了。在投进小车的时候，不知怎么的，小黑石掉了下来，滚进了草丛里。

小青石大声喊："怎么啦，我的朋友？你怎么不一同去呀？"

可是一点儿回音也没有。小青石非常可怜小黑石，大家都要到城市里去了，只有它一个仍旧留在这里。

一会儿，小车动起来了。小青石满心欢喜，小车很颠簸，它却觉得异样的舒服。

第三天早上，小青石和许多同伴被卸在一条宽阔的道路边上。一把大铁铲把它们铲起来，跟沙和水泥混在一起，加上水，翻来覆去地搅拌。

小青石浑身沾着湿漉漉的水泥，被搅得头都晕了。它不免生气说："这究竟是怎么回事？这样蛮不讲理的，把我们翻来覆去搅拌。为什么不把我们送到珠宝铺子里去呢？"

大铁铲更加使劲地搅拌。小青石浑身涂满了沙和水泥，连气都透不过来了。最后，它跟沙和水泥在一起，被铺在道路上，压得平平的，盖上了一张草席。

小青石累极了，它一声不响，忽然觉得它跟周围一同变硬了。它原先是坚硬的石块，这时候好像比先前硬了许多倍，跟先前大不相同了。过了些时候，草席被揭掉了，一只草鞋正好踏在小青石上。

"奇怪，我变成什么东西了？"小青石想了一会儿才明白过来，它已经成为水门汀的一小部分了。

从此以后，每天不知道有多少人的脚在小青石上踩过：小朋友的穿着布鞋的脚，小贩的穿着草鞋的脚，年轻的女人穿着缎鞋的脚，乞丐赤着的脚。小青石看着许许多多人的脚，心里非常快乐。

自己成了让所有的人走的路，真是再快乐没有了。小青石不属于姓张的，也不属于姓李的；它不是谁私有的东西，而是为大众服务的一个。它支持着大众的脚，它不再羡慕水晶和玛瑙了。它想："我过的是最有意义的生活。"

"小黑石说得很对，咱们石头的天性就是老待着不动的。不过，要像我现在这样老待着不动才有意义呢！"小青石这样想着，看着在它身上踩过的脚。

1934 年 5 月发表　原分为两篇，
题为《到都市里去》和《它支持着大众的脚》

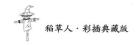

| 小感悟 |

　　小青石没有水晶、玛瑙那般闪耀的外表，它平凡而普通，却心怀理想。虽然装饰他人的梦是美丽的，但是当它与其他小石头一起，筑成了一条结实而平坦的路后，它更为自己的价值感到安心和满足。也许，我们生来就是一块小石头，平凡又朴实，但是每一块石头都有自己的价值，这价值存在于为他人的贡献中，存在于为集体的奉献中。

邂逅爱

稻
草
人

彩
插
典
藏
版

小白船

　　一条小溪是各种可爱东西的家。小红花站在那儿，只顾微笑，有时还跳起好看的舞来。绿色的草上缀着露珠，好像仙人的衣服，耀得人眼花。水面上铺着青色的萍叶，矗起一朵朵黄色的萍花，好像热带地方的睡莲——可以说是小人国里的睡莲。小鱼儿成群地来来往往，细得像绣花针，只有两颗大眼珠闪闪发光。青蛙老瞪着眼睛，不知守在那儿干什么，也许在等待它的好朋友。

　　水面上有极细微的声音，是鱼儿在奏乐，它们会用它们的特别方法，奏出奇妙的音乐来："泼剌……泼剌……"好听极了。它们邀小红花跟它们一起跳舞，绿萍要炫耀自己美丽的衣服，也跟了上来。小人国里的睡莲高兴得轻轻地抖动，青蛙看得呆了，不知不觉随口唱起歌儿来。

　　小溪上的一切东西更加有趣、更加可爱了。

　　小溪的右岸停着一条小小的船。这是一条很可爱的小船，船身是白的，它的舵和桨，它的帆，也都是白的；形状像一支梭子，又狭又长。胖子是不配乘这条船的。胖子一跨上船，船身一侧，就掉进水里去了。老人也不配乘这条船。老人脸色黝黑，额角上布满了皱纹，坐在小船上，被美丽的白色一衬托，老人会羞得没处躲藏了。这条小船只配给活泼美丽的小孩儿乘。

真的有两个孩子向溪边走来了。一个是男孩儿，穿着白色的衣服，脸色红得像个苹果。一个是女孩儿，穿着很淡的天蓝色的衣服，脸色也很红润，而且更加细嫩。他们俩手牵着手，用轻快的步子穿过了小树林，来到小溪边上，跨上了小白船。小白船稳稳地载着他们两个，略微摆了两下，好像有点儿骄傲。

男孩儿说："咱们在这儿坐一会儿吧。"

"好，咱们看看小鱼儿。"女孩儿靠船舷回答。

小鱼儿依旧奏它们的音乐，青蛙依旧唱它的歌。男孩儿摘了一朵萍花，插在女孩儿的辫子上。他看着笑了起来，说："你真像个新娘子了。"

女孩儿好像没听见，她拉了拉男孩儿的衣袖，说："咱们来唱《鱼儿歌》，咱们一同唱。"他们唱起歌儿来：

　　鱼儿来，鱼儿来，

　　我们没有网，我们没有钩儿。

我们唱好听的歌，

愿意跟你们一块玩儿。

鱼儿来，鱼儿来，

我们没有网，我们没有钓儿。

我们采好看的花，

愿意跟你们一块玩儿。

鱼儿来，鱼儿来，

我们没有网，我们没有钓儿。

我们有快乐的一切，

愿意跟你们一块玩儿。

　　歌还没唱完，刮起大风来了。小溪两岸的花和草，跳舞的拍子越来越快了，水面上也起了波纹。男孩儿张起帆来，要乘风航行。女孩儿掌着舵，手按在舵把上，像个老船工。只见两岸的景物飞快地往后退，小白船像一条飞鱼，在小溪上一直向前飞。

　　风真急呀，两岸的景色都看不清楚了，只见一抹一抹的黑影向后闪过。船底下的水声盖过了一切声音。帆盛满了风，好像弥勒佛的大肚子。小白船不知要飞到哪儿去！两个孩子着慌了，航行了这许多时候，不知到了什么地方。

要让小白船停住，可是又办不到，小白船飞得正欢哩。

女孩儿哭了，她想起她的妈妈，想起她的小床，想起她的小黄猫……今天恐怕都见不着了。虽然有亲爱的小朋友跟她在一起，可是妈妈、小床、小黄猫，她都舍不得呀。

男孩儿给她理好被风吹散的头发，又用手盛她流下来的眼泪。他说："不要哭吧，好妹妹。一滴眼泪就像一滴甘露，你得爱惜呀。大风总有停止的时候，就像巨浪总有平静的时候一个样。"

女孩儿靠在他的肩膀上，哭个不停，好像一位悲伤的仙女。

男孩儿想办法让船停住。他叫女孩儿靠紧船舷，自己站了起来，左手拉住帆绳的活扣，右手拿着桨。他很快地抽开活扣，用桨顶住岸边。帆落下来了，小白船不再向前飞了。看看岸上，却是一片没有人的旷野。

两个孩子上了岸。风还像发了狂似的，大树摇得都有点儿累了。女孩儿才揩干眼泪，看看四面没有人，也没有房屋，眼泪又像泉水一样涌出来了。男孩儿安慰她说："没有房屋，咱们有小白船呢。没有人，咱们两个在一起，不也很快活吗？咱们一同玩儿去吧！"

女孩儿跟着他一直向前走。风吹在身上有点儿冷，他们紧紧靠在一起，互相用手搂住腰。走了几百步远，他们看见一棵野柿子树，树上熟透的柿子好像无数的玛瑙球，有的落在地上。女孩儿拾起一个，掰开来一尝，甜极了，她就叫男孩儿也拾来吃。

他们俩坐在地上吃柿子，把一切都忘记了。忽然从矮树丛里跑出一只小白兔来，到了他们跟前就伏着不动了。女孩儿把它抱在怀里，抚摩它的柔软的毛。男孩儿笑着说："咱们又有了一个同伴，更不寂寞了。"他掰开一个柿子喂给小白兔吃，红色的果浆涂了小白兔一脸。

远远地有个人跑来了，身子特别高，脸长得很可怕。他看见小白兔在他们身边，就板起了脸，说他们偷了他的小白兔。

男孩儿急忙辩白说："它是自己跑来的。我们喜欢它。一切可爱的东西，我们都爱。"

那个人点点头说："既然这样，我也不怪你们。把小白兔还给我就是了。"

女孩儿舍不得，把小白兔抱得更紧了，脸贴着它的白毛，好像要哭出来了。那个人全不理会，伸手就把小白兔夺走了。

这时候，风渐渐缓和了。男孩儿想，既然遇到了人，为什么不问一问呢？他就问那个人，这儿离家有多远，该从哪条河走。

那个人说："你们家离这儿二十多里呢，河水曲折，

你们一定认不得回去的路了。我可以送你们回去。"

女孩儿快活极了，她想，这个人长得可怕，心肠原来很慈善，就央告说："咱们快上船吧，妈妈和小黄猫都在等着我们呢！"

那个人说："这可不成。我送你们回去，你们用什么酬谢我呢？"

男孩儿说："我送给你一幅美丽的图画。"

女孩儿说："我送给你一束波斯菊，红的、白的都有，真好看呢！"

那个人摇头说："我什么也不要。我有三个问题，你们能回答出来，我就送你们回去；要是答不出来，我抱着小白兔就管自走了。你们愿意吗？"

"愿意。"他们一同回答。

那个人说："第一个问题：鸟儿为什么要唱歌？"

"它们要唱给爱它们的人听。"女孩儿抢先回答。

那个人点点头说："算你答得不错。第二个问题：花儿为什么香？"

男孩儿回答说："香就是善，花是善的标志。"

那个人拍手说："有意思。第三个问题是：为什么你们乘的是小白船？"

女孩儿举起右手，好像在课堂上回答老师似的："因为我们纯洁，只有小白船才配让我们乘。"

那个人大笑起来，他说："好，我送你们回去。"

两个孩子高兴极了。他们互相抱着，亲了一亲，就跑回小白船。

仍旧是女孩儿掌舵，男孩儿和那个人各划一支桨。女孩儿看着两岸的红树、草屋、田地，都像神仙的世界；更使她满意的是那只小白兔没有离开她，这时候就在她的脚边。她伸手采了一支蓼花让它咬，逗着它玩儿。

男孩儿说："没有这场大风，就没有此刻的快乐。"

女孩儿说："要是咱们不能回答他的问题，此刻还有快乐吗？"

那个人划着桨，看着他们微笑，只不开口。

等到小白船回到原来停泊的地方，小红花和绿叶早已停止了跳舞，萍叶盖着睡熟了的小鱼儿，只有青蛙还在不停地唱歌。

1921 年 11 月 15 日写毕

| 小感悟 |

小白船载着男孩儿和女孩儿，经历了梦一般的奇遇。自然的浪漫和人物的纯净，让人徜徉在美的世界中流连忘返。

芳儿的梦

　　芳儿看姊姊采了许多许多凤仙花，白的、红的、绯色的、撒锦的，用细线把花扎起来，扎成了一个又大又圆的球。姊姊把大花球挂在窗前，看着它只是笑。大花球摇摇晃晃，花瓣儿微微抖动，好像害羞似的，芳儿想："这个花球跟学生们踢的皮球差不多大，挂在窗前干什么呢？凤仙的枝上要是能开这样大的花球就好了，我就可以把它当皮球踢了。姊姊只是看着它笑，难道花球会飞到天上去吗？"

　　芳儿正想得出神，姊姊问他说："明天妈妈生日，你送什么东西给她做礼物呢？你看我这花球多么好！花是我种的，也是我采的。我把它扎成了这样一个花球。妈妈看了，一定说我能干、爱她。"

　　芳儿想："姊姊有礼物，我自然也要送给妈妈一件礼物。我的礼物一定要比她的好。送一只小猫狗吧？不行，小猎狗是妈妈给我的，怎么能送还给妈妈呢？送积木吧？不行。积木是舅舅给的，还是妈妈给带回来的呢，怎么能送给妈妈呢？送一朵大丽花吧？也不行。姊姊送了凤仙花球，我也送花，不是跟姊姊的礼物相重了吗？"

芳儿心里不自在起来。他不看姊姊扎的花球了，低着头坐在小椅子上默默地想。他想到树林里的香草、山坡上的小石子儿、溪边的翠鸟、小河里的金鱼；他想到家里所有的一切东西、街上所有的一切东西、野外所有的一切东西……想来想去都不合适，都不配送给妈妈做生日的礼物。他要找一件非常稀罕的、独一无二的东西，拿来送给妈妈。这样才能让妈妈得到连做梦也想不到的欢喜，才能表达对妈妈的比海还深的爱。

但是这件东西在哪里呢？

月亮升起来得真早呵，她躲在屋角后边偷偷地瞧着芳儿呢。院子的一个角落亮起来了，缠绕在篱笆上的茑萝也发出光彩了。白天看那茑萝，就像姊姊的新衣裳似的，嫩绿的底子绣上了许多小红花；现在颜色变了，都涂上了一层银色的光。

芳儿感觉到月亮在偷看他，不由得抬起头来。他说："月亮姊姊，你来得好早。我要送一件东西给妈妈，做她生日的礼物。这件东西要非常美丽、非常难得，要让妈妈能得到连做梦也想不到的欢喜，要能表达我对妈妈的比海还深的爱。聪明的月亮姊姊，你一定知道这是一件什么东西，请告诉我吧！"

月亮只是对着芳儿微笑。她越走越近了，全身射出活泼的光。

月亮身边浮着些淡淡的微云，他们穿着又轻又白的衣裳，飘呀飘呀，好像跳舞的女郎。他们怕月亮寂寞，所以陪着她；他们怕月亮力乏，所以托着她。

芳儿把他的心事告诉给云，恳求他们说："云哥哥，你们伴着月亮出来玩儿吗？我要送一件东西给妈妈，做她生日的礼物。这件东西要非常美丽、非常难得，要让妈妈能得到连做梦也想不到的欢喜，要能表达我对妈妈的比海还深的爱。聪明的云哥哥，你们一定知道这是一件什么东西，请告诉我吧！"

云哥哥们只是拥着月亮姊姊，在深蓝色的天幕上一边跳舞，一边前进。

芳儿想，他们玩儿得太高兴了，高兴得没听到他在说话。他就把小椅子搬到了院子里，索性坐下来看他们跳舞。起先，月亮姊姊跳的是节奏很快的小步舞，云哥哥们紧紧地追随着，又轻又白的衣裳都飘了起来，更加好看了。后来，月亮姊姊好像疲倦了，在中天站住了。

云哥哥们围绕着她，缓慢地兜着圈子，衣裳渐渐垂下来了。

　　芳儿趁这个时候，把他的心事又说了一遍，恳求月亮姊姊和云哥哥们给他指点。他留心看天上，月亮姊姊和云哥哥们真个听见了他的话了。月亮姊姊堆着笑脸，看着身边；云哥哥们从宽大的白衣袖里伸出手来，指着身边。他们身边有无数灿烂的星星，原来他们指的就是星星。

　　芳儿快活极了，他明白了："这才是最美妙的礼物呢。月亮姊姊和云哥哥们真聪明呀！姊姊送给妈妈一个花球，我送给妈妈一个星星串成的项链。明天，我要把星星项链亲手挂在妈妈的脖子上，让无数耀眼的光从妈妈身上射出来，不是非常美丽吗？人家的妈妈戴珍珠串成的项链，戴宝石串成的项链，都是人间有的东西。我送给妈妈的，却是一个星星串成的项链，不是非常稀罕吗？我把这样的一个项链挂在妈妈的脖子上，妈妈自然欢喜得连做梦也想不到。别人当然想不到送这样的礼物，只有我送这样的礼物，因为我爱妈妈爱得比海还深。"

　　芳儿谢谢月亮姊姊，谢谢云哥哥们，对他们说："祝愿你们永远美丽，永远快乐，永远笑，永远跳舞，永远帮助我，告诉我我所想不到的一切事。"

这时候，芳儿的姊姊也到院子里来乘凉了。她端来一张藤椅，坐在芳儿旁边，脸上还带着笑。她正在想，凤仙花球多么美丽，妈妈见了会怎样欢喜。

芳儿拿姊姊的手轻轻地贴在自己的脸上，看着姊姊说："我已经想到了送给妈妈的礼物。好极了，比你的凤仙花球好几百倍。我现在不告诉你。"

"什么好东西？好弟弟，快说给我听吧。"

"我不说，明天你看就是了。这个东西近在眼前，远在天边，没有什么比它更美丽的了，谁都不曾有过。"

芳儿不说，姊姊只好猜。她猜了许许多多东西，香草、小石子儿、翠鸟、金鱼；家里所有的一切东西、街上所有的一切东西、野外所有的一切东西，她都猜遍了。芳儿只是笑，只是摇头。姊姊急了，双手合十，央求他说："拜拜你，好弟弟，你告诉了我吧。我一定不告诉别人。夜晚睡了，我连枕头也不告诉。好弟弟，快说吧！"

芳儿说："你一定要我说，得先依我一件事。咱们俩先跳一回绳。跳过绳，我再告诉你。"

姊姊就和芳儿一同跳起绳来。月亮从头顶上射下来，院子里一片银光，他们俩全身浴在银光里，两个短短的影子在地上舞动，姊姊的头发飘了起来，影子更加好看了。他们先把绳子向前甩，再把绳子向后甩，最后俩人并排一起跳。四只小小的脚像燕子点水似的，刚着地又离开了地面。绳子在脚底下一闪而过，几乎分辨不清。他们俩好像被包在一个透明的大圆球里。

姊姊喘息了，芳儿也满脸是汗，他们才停了下来。芳儿坐在小椅子上用手擦脸上的汗。姊姊催他说："我依了你了，现在你该说了，究竟是什么东西？"

芳儿凑在姊姊的耳边说："我的礼物是一个星星串成的项链。"

芳儿睡在雪白的罗帐里，睡得很熟，脸上好像在笑，呼吸很均匀。他应当有一个可爱的梦。

他起来了，是月亮姊姊催他起来的。月亮姐姐穿了一身淡蓝色的衣裳，笑的时候露出银色的牙齿。芳儿觉得她可爱极了，就投到了她的怀里。月亮姐姐拍拍他的背，对他说："你忘记了要送给妈妈的礼物了吗？跟着我去吧，我带你去取。"

芳儿非常感激月亮姐姐，催她快点动身，月亮姐姐牵着芳儿的手，一同轻轻地飘起来了。虽然离开了地面在空中迈步，但芳儿觉得两只脚仍旧像踏在地面上似的。向下边望，地面上的一切都睡着了，盖着一条无边无际的银被。再看月亮姊姊，她那淡蓝色的衣裳被风吹得飘了起来，真是一位仙女。

芳儿的步子越迈越快，好像不费一点儿力气。星星就在他身边了，一颗颗都像荔枝那么大，光亮耀得他眼睛都花了。他已经来到星星的群中，前后左右都是星星。他好像走进了一座结满果子的树林，只要一伸手，就可以摘到。再看看自己，自己被星星照得通身透亮。他快乐极了，就动手摘起星星来。

星星轻得几乎没有分量，摘起来挺容易。他一连摘了几百颗，用衣裳兜着，快要兜满了。月亮姊姊送给他一条美丽的丝绳，还帮他把一颗颗星星贯穿起来，穿成项链。

这样美丽的项链，世界上从来没有过，现在却在芳儿的手里。他要把这样一条项链送给妈妈，作为妈妈生日的礼物。

芳儿心里想的，就是要让妈妈得到连做梦也想不到的欢喜，就是要表达他对妈妈的比海还深的爱。他捧着星星项链，飞奔回家。刚跨进门，他就大声喊："妈妈！妈妈！您在哪里？我送给您一件礼物，最最美丽的礼物，最最稀罕的礼物。"

妈妈跑出来，把芳儿抱在怀里。芳儿举起双臂，把星星项链挂在妈妈的脖子上。无法形容的透亮的光，从妈妈身上射出来，妈妈就成了一位仙女了。芳儿自己不也成了个小仙人了吗？看着妈妈脸上的慈祥的笑，芳儿快活得手舞足蹈起来。

　　芳儿的手和腿一动，他的梦就醒了。妈妈正伏在他的枕头旁边，脸上的慈祥的笑，正跟芳儿在梦中看到的一个模样。

1921 年 12 月 26 日写毕

| 小感悟 |

　　芳儿想要送给母亲一件"独一无二"的生日礼物，来表达自己对母亲的爱。最后，他找到了天上的星星。一串星星做的项链，是世间最稀有的东西，代表着芳儿对母亲最深沉的爱，也代表了世间最美好、最神圣的情感——母子之情。

梧桐子

　　许多梧桐子，他们真快活呢。他们穿着碧绿的新衣，都站在窗沿上游戏。周围张着绿绸似的帷幕。一阵风吹来，绿绸似的帷幕飘动起来，像幽静的庭院。从帷幕的缝里，他们可以看见深蓝的天，看见天空中飞过的鸟儿，看见像仙人的衣裳似的白云；晚上，他们可以看见永远笑嘻嘻的月亮，看见俏皮地眨着眼睛的星星，看见白玉的桥一般的银河，看见提着灯游行的萤火虫。他们看得高兴极了，轻轻地唱起歌来。这时候，隔壁的柿子也唱了，下面的秋海棠也唱了，石阶底下的蟋蟀也唱了。唱歌的时候有别人来应和，这是多么有趣呀，所以梧桐子们都很快活。

　　有一颗梧桐子，他不但喜欢看一切美丽的东西，唱种种快活的歌儿，他还想离开窗沿，出去游戏。他羡慕鸟儿，羡慕白云，羡慕萤火虫。他想，要是能跟他们一个样到处飞，一定可以看到更多的、美丽的东西，唱出更多的快活的歌儿。离开窗沿并不难办，只要一飞就飞出去了。他于是跟母亲说："我要出去游戏，到处飞行，像鸟儿那样，像白云那样，像萤火虫那样，我就可以看到更多的、美丽的东西，唱出更多的、快活的歌儿。回来的时候，我把看到的一切都讲给您听，给您唱许多许多快活的歌儿。"

他的母亲摇了摇头，身子也摆了几摆，和蔼地对他说："你应该出去旅行，哪有不让你去的道理呢？可是现在，你的身体还不够强壮，再等些时候吧！"

他听了不再作声，心里可不大高兴。他觉得自己已经很胖很结实了，一定是母亲不放他走，什么身体不够强壮，不过是推托的话罢了。他决定不告诉母亲，自个儿偷偷地飞出去。可是飞到了外边，会不会遇上什么困难呢？独自旅行，能不能找到同伴呢？一想到这些，都教他担心害怕。他于是对哥哥们弟弟们说："你们羡慕鸟儿吗？羡慕白云吗？羡慕萤火虫吗？你们想看到更美丽的东西吗？想唱出更快活的歌儿吗？这些都是做得到的，只要你们跟我走。我们就可以跟鸟儿一个样，跟白云一个样，跟萤火虫一个样，到处旅行。"

哥哥们弟弟们的性情都跟他差不多，谁不喜欢出去旅行，看看广阔的世界呢？他们都拍着手喊起来："咱们快走吧！咱们快走吧！"

他们换上了褐色的旅行服，站在窗沿下准备着。这时候，绿绸似的帷幕变成黄锦似的了，而且少了许多，变得稀稀朗朗的，因为太阳不太热了。风从稀朗的帷幕间吹来，梧桐子们借着风的力量，都想离开窗沿。大家把身子摇了几摇，还站在窗沿上。只有一颗，就是最先想到要离开的一颗，独自一个飞走了。他多么高兴呀，自以为领了头，带着哥哥们弟弟们到广阔的世界里去旅行了。

他头也不回，只顾往前飞，一会儿高一会儿低。后来，他觉得有点儿力乏了，才回过头去招呼哥哥们弟弟们。啊呀，不好了，他们都飞到哪儿去了呢？他心里一慌，身子就笔直往下掉；头脑里迷迷糊糊的，不知落在了什么地方。

他渐渐清醒过来，看看周围，原来他落在了田边上，一个十五六岁的姑娘正在栽菜秧。他才想起了哥哥们弟弟们，他们不知道在什么时候离开了他。现在要找他们，实在太不容易了。要是找不着他们，独自一个去旅行，他可有点儿不敢。他们总在附近吧，还是飞起来找一找吧。哪儿知道他一动也不能动。他着急了，急得流出了眼泪来，向周围看看，只有一位姑娘。他想，那位姑娘也许能帮他点儿忙吧！

他带着哭声说："姑娘，您看见我的哥哥们弟弟们了吗？他们到哪里去了？请你告诉我，可爱的姑娘。"

姑娘只管栽她的菜秧，好像没听见他的话。栽完了六畦，她穿上放在田边的青布衫，两只手扣着纽扣，忽然看见了落在地上的梧桐子，就把他拾了起来。

他在姑娘的手心里，手心又柔软又暖和，真舒服极了。他不再哭了，心里想：这位姑娘真可爱，她一定知道我的哥哥们弟弟们在哪里，一定会把我送到他们身边去的。

姑娘回到自己家里，把他放在靠窗的桌子上。他以为来到哥哥们弟弟们中间了，急忙向周围看，却一个也没有。他又犯愁了，高声喊："姑娘，我不要留在这里，我要找我的哥哥们弟弟们。请您赶快把我送到他们的身边去吧！"

姑娘不理睬他，管自掸去衣裳上的尘土，然后走到窗前，把他捡了起来，用手指捻着玩儿。他好像在摇篮里似的，身子摇来摇去，觉得很舒服。姑娘捻了一会儿，把他扔起来，用手接住，接了又扔，扔了又接。他一忽儿升起来，一忽儿往下落，又快又稳，也非常有趣。可是一想起哥哥们弟弟们，不知道他们现在在哪儿，心里又很不自在。

姑娘听见她母亲在叫唤了，把他放在靠窗的桌子上就走了。他想：姑娘一走，他更没有希望了。当初站在家里的窗沿上，以为一离开家，要到哪里就到哪里，自由极了。哪里想到现在自己做不得主，一动也不能动，不要说到处旅行了，就是想回家去看看母亲，打听一下哥哥们弟弟们的消息，也办不到。他无法可想，只好对着淡淡的阳光叹气。他懊悔没听母亲的话，母亲早跟他说了，"等你身体强壮了，你就可以离开家了。"身体强壮了，一定可以自由自在地到处飞了；可是现在，懊悔也来不及了。

窗外飞来一只麻雀，落在桌子上，侧着脑袋对他看了又看，两只小脚跳跃着，"啾唧啾唧"地叫。他想，麻雀或者知道哥哥们弟弟们的消息，就求他说："麻雀哥哥，您看见了我的哥哥们弟弟们吗？他们到哪里去了呢？请您告诉我，可爱的麻雀哥哥。"

麻雀侧着脑袋，又看了看他，跳跃着，又"啾唧啾唧"地叫，似乎没听见他的话。麻雀听了一会儿，一口衔住了他，向窗外飞去。

他在麻雀的嘴里，周身觉得很潮润，麻雀用舌头舔他，好像给他挠痒痒似的。他本来很渴了，身上又有点儿痒，所以感到很舒服。他想："麻雀哥哥真可爱，他一定知道我的哥哥们弟弟们在哪里，一定会把我送到他们的身边去的。"

不知道为什么，麻雀一张嘴，他就从半空里掉了下来。

"不好了，又往下掉了，这一回可比前一回高得多，落到地上一定没有命了。我的母亲……"他还没想完，身子已经着地了，他吓得失去了知觉。

其实他好好的，正好落在又松又软的泥里。下了几天春雨，刮了几天春风，他醒过来了。看看自己身上，褐色的旅行服已经不在身上了，换上了一身绿色的新衣，比先前的更加鲜艳。看看周围的邻居，都是些小草，也穿着可爱的绿色的新衣。有了这许多新朋友，他不再觉得寂寞了，可是想起母亲，想起哥哥们弟弟们，不知道他们怎样了，心里就不大愉快。

他慢慢地长大了，周围的小草们本来跟他一般高，现在只能盖没他的脚背。他的身子很挺拔，站得笔直，真是个漂亮的小伙子。小草们都很羡慕他，跟他非常亲热。他们说："你是我们的领袖。你跳舞的时候，我们也跳；你唱歌的时候，我们也唱。可惜我们的身子太柔弱，姿势不如你好看；我们的嗓门也太细，声音不如你好听。这有什么要紧呢？我们中间有了个你，你是我们的领袖。"

他感谢小草们的好意，愿意尽力保护他们。刮狂风的时候，下暴雨的时候，他遮掩着小草们。

有一天，一只燕子飞来，歇在他的肩膀上。燕子本是当邮差的，所以他心里很高兴，就写了一封信交给燕子。他说："燕子哥哥，好心的邮差，我有一封信，是写给母亲和哥哥们弟弟们的。可是我不知道他们在什么地方。请您帮我打听吧；打听到了，就把我这封信给他们看，让他们都能看到。最好能带个回音给我。谢谢您，好心的燕子哥哥。"

燕子一口答应，把信带走了。没过一天，燕子背了一大口袋信回来了，对他说："你的信来了。他们都给你写了回信哩。"

他快活得不知道说什么好，只是嘻嘻地笑。先拆开母亲的信，他看信上说："得到了你的消息，我很快活。我现在很好。你的哥哥弟弟跟你一个样，也到别处去了。他们常常有信来。现在告诉你一件事儿，你一定会喜欢的，就是你又要有许多小弟弟了。"

他又拆开哥哥们弟弟们的回信。下面就是他们信上的话：

"那一天你太性急，独自一个先走了。没隔多久，我也离开了母亲，现在住在一个花园里。"

"我离开了母亲，落在人家的屋檐上。修房子的工匠把我扫了下来，我就在院子里住下了。"

"最有趣的是我到过一位小姑娘的嘴里，才停留了一分钟。"

"我的新衣服绿得美丽极了，你的是什么颜色的？"

"我将来也会有孩子的。希望有一天，你来看看你的侄子们。"

他看完信，心就安了。母亲和哥哥们弟弟们，他们都很好，用不着老挂念他们，只要隔几天写封信去问一问就好了。燕子天天来问他有没有信要送。

他很快活，至今还笔挺地站在那儿，身子只顾往高里长。

1921 年 12 月 28 日写毕

| 小感悟 |

一颗梧桐子离开了妈妈，独自去看世界了。他的经历虽然算不上危险，但也不是一帆风顺。他靠自己的力量在野外存活下来，并且长成了一棵令小草们都很羡慕的梧桐树。成长的道路不会一帆风顺，面对困难迎难而上，一定会迎来雨后彩虹的那一刻。

旅行家

　　在很远很远的一个星球上，住着一位大旅行家。土星、木星、天王星、海王星，他都游历过了，回家休息了一年，觉得太闷气，又想出门游历。他就提起提包，离开了家。到什么地方去呢？总要找个有趣的地方才好呀。听说地球上面有许许多多人，那些人都很聪明，想出了种种聪明的办法，造成了种种聪明的器具，过着很好的生活。他想，地球一定是个有趣的地方，不能不去看看。他决定游历地球。

　　旅行家先寄了一封信到地球上，告诉地球上的人说，他要到地球游历。地球上的人立刻忙起来了，决定用最隆重的仪式来欢迎旅行家，因为他从很远很远的星球上来，是个应当尊敬的客人。他们决定在东海边上，搭起一座很大很大的牌楼，上面插满了各种颜色的鲜花，衬着碧绿的树叶。这里就算地球的大门，让客人从这里进来。凡是能奏乐的都聚集在那里，组成了极大的乐队，等这位贵宾一到，就奏起最好听的曲子来。

旅行家乘了一艘又轻又快的飞艇，离开了他的星球，向地球前进。经过了不可计量的时间和空间，看到了不知多少星星的真面目，他才穿过云层，来到地球的大门前，东海边上，地球上欢迎的人一齐欢呼起来，乐队就奏起最好听的曲子，把东海的波涛声也给盖住了。牌楼上的花儿好像含着笑，还轻轻地抖动着，似乎花儿也知道，它们是来欢迎尊贵的客人的。

旅行家非常快活，他想，地球上的确很有趣，这班人多么可亲可爱，又多么聪明。开过了欢迎大会，地球上的人把旅行家请进一家最讲究的旅馆。他们又推举出一个人来陪伴旅行家。这个人懂得地球上的一切事物，让旅行家在游历的时候可以随时询问。

吃饭的时候，旅行家吃的是最上等的菜，味道鲜美，分量又多，还没吃完，他的胃已经撑饱了；看看旁边陪他的人，还张大了嘴，不断地往下装。他想这一定有缘故，大概地球上好吃的东西生产得太多，不吃掉，地球上就没处存放了。所以他们尽量吃，把胃给撑大了。他没有受过这种训练，胃还很小，只好不再吃了，就站起来出去散步。陪伴他的人在后边跟着他。

出了旅馆，拐了两个弯，旅行家走进一条狭窄的小巷。

两旁的人家也在吃饭。他们没有什么菜，摆在他们面前的只有一小碟子咸豆。旅行家觉得有点儿奇怪，难道他们的胃特别小吗？难道他们不爱吃那些味道鲜美的菜吗？想来想去，想不明白，他只好问了："咱们刚才吃的东西那么多，味道那么好，为什么他们只吃一小碟子咸豆呢？"

陪伴的人脸上露出惊奇的神色。他想，这个从遥远的星球上来的客人真有点儿傻气，但是一想到他终究是一位贵宾，就恭恭敬敬地回答说："他们跟我们不同。您初来这儿，自然不明白，住在这条小巷子里的人都很穷。"

"什么叫作'穷'？穷了就只要吃一小碟子咸豆就够了？想来穷就是胃长得特别小的意思吧？"

"不，不。穷就是没有钱。在我们地球上，有了钱才能换东西。穷人没有钱，即使有，也很少，他们只能换到很少的、质地很差的东西。"

"我更不明白了，钱又是什么东西呢？"

陪伴的人从口袋里掏出一个金元来，给旅行家看。旅行家接过金元，看了这一面，又看那一面，翻过来又翻过去。这确实是个可爱的玩意儿，又光亮又轻巧，但是他有点儿不相信。

"这是小孩儿玩儿的东西，真有趣。可是我不信，用这个可以换别的东西。"

"你不信，我换给你看。你想要什么东西？"

旅行家想了想，别的都用不着，乘了这么一趟飞艇，汗衫有点儿脏了，得换一件了。他就说："我现在需要一件汗衫。"

陪伴的人带着他走出狭窄的小巷子，来到繁华的大街上。在一家商店里，陪伴的人把金元交给商店里的人，商店里的人就拿出一件漂亮的汗衫来。

陪伴的人说："您看，汗衫不就换来了吗？这是我们地球上最有名的汗衫，用中国出产的蚕丝织的，您看多么轻，多么软，拿在手里几乎没有分量，可以一把捏在手心里。穿在身上，光彩华丽，妙不可言。"

这件汗衫实在好，旅行家看了心里自然欢喜。但是他立刻又产生了怀疑，因为他看到对面来了一个人，拉着一辆大货车，弯着腰，身子成了钩子似的，走一步停一步。这个人穿着一件破衣服，不但汗透了，还沾满了尘土。旅行家就问："这个人的衣服脏成这个样子，为什么不去换一件新的呢？"

陪伴的人说："他也是个穷人，哪里有钱去换漂亮的汗衫呢？"

旅行家又问："我还是不明白，为什么东西一定要用钱去换？谁需要什么，爽爽快快地捡来就用，不是很方便吗？"

"我们地球上向来是这样的，我也不知究竟为了什么。总之，没有钱就不能拿一丁点儿的东西。"

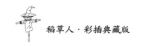

"要是拿了呢？"

"不给钱拿人家的东西，就成了强盗，成了贼，就有官吏把他们关起来。关强盗和贼的地方叫作监牢。我们地球上有许多监牢，里面关了很多强盗和贼。过些天，我可以带您去参观。"

"把他们关起来，不是很费事吗？他们被关在里边，不能自由活动，不是很痛苦吗？你们为什么不给他们一些钱，让他们去换他们需要的东西呢？这样一来，官吏也用不着了，监牢也用不着了，不是省了许多事儿吗？"

"各人的钱，各人自己用，谁也不愿意白白地送给别人。刚才我给您换汗衫的钱，不是我自己的，是公家供给的，因为您是我们的贵宾。您吃饭，住旅馆，还有您需要的一切东西，都由公家付钱，因为您是我们的贵宾。"

"这又是什么缘故呢？谁有多余的钱，分一点儿给没有钱的人，让他们也能换到需要的东西，岂不是大家都很舒服了吗？"

陪伴的人忍不住笑了，他说："谁的钱有多余，不是可以留在那儿，等到要用的时候用吗？何必白白地分给别人呢？你对我们地球上的情形真个弄不明白吗？"

"原来是这样，我明白了。"

陪伴的人带着旅行家继续往前走。有一家商店，放满了大大小小的、各式各样的箱子。旅行家又问："这是什么东西？是拿来玩的，还是有什么用处？"

"用处可大哩！一切有用的东西都可以藏在里面。"

"我又不明白了。你方才说，需要什么东西可以用钱去换，那么只要有了钱就好了，要用什么都可以立刻换到，何必要把东西收藏起来呢？"

"您又不了解我们地球上的人的想法了。现在不用的东西，收藏在箱子里，等到要用的时候拿出来用，不就把钱省下来了吗？即使自己不用，可以留给子孙用，省下的钱，也可以留给子孙买别的东西。这就是要把东西收藏起来的道理。"

旅行家点点头，懂了。但是他的心情不像来到地球之前那样高兴了。他想，地球上的情形并不十分有趣，传说未免有点儿靠不住，看起来地球上的人不见得很聪明，要不，他们怎么想出用钱来换东西的笨法子来呢？怎么会为了收藏东西，造出箱子这样的笨家伙来呢？为什么有的人可以吃得胃发胀，大多数人只能吃一小碟子咸豆呢？为什么有的人可以穿上中国蚕丝织的汗衫，大多数只能穿又脏又破的衣服呢？他越想越乏味，没有兴致再参观了，恨不得立刻乘上飞艇，回到自己的星球上去。

但是他又想，地球上的人待他很好，口口声声称他为"贵宾"，要是能够想点儿办法帮助他们，也好报答他们的好意。他就到处去考察，把地球上的情形全弄明白了，才回到自己的星球去，临走的时候，他说："我还要到地球来的。谢谢你们盛情接待我，我再来的时候，要带一件很好的礼物来送给你们。"

果然没隔多久，旅行家又来了，仍旧乘了飞艇来的。东海边上，地球的大门口，欢呼的声音，奏乐的声音，比前一回更加热烈。大家都要看一看旅行家带来的是什么礼物，欢迎的人多得站也站不了，有的几乎被挤到海里去。

旅行家把礼物拿出来了，是一张机器的图样。他对欢迎他的人说："我教你们造一种机器，这种机器可以耕田种地，还可以制造各种器具。造起来很容易，使用又很方便。你们愿意试一试吗？"

"愿意！愿意！"大家喊起来，声音像潮水一个样。

旅行家来到铁工厂里，教工人照他的图样造成了许多架机器；他让地球上的人把这些机器安放在田里，安放在市场里。大家争先恐后，要看一看旅行家的机器是怎么使用的，田里市场里都挤满了人。

旅行家把谷种放在机器里，一按机关，这机器就飞快地开动了，不到半分钟，一亩田就播上了种。他又按另一个机关，这机器就开进树林，不到半分钟，就制造出许多精致的桌子椅子。

旅行家对大家说："不论要它做什么事，制造什么东西，都是这个样子。"

大家看呆了，好像见了魔术师一个样。

一个乡下姑娘拿着一绞丝，她想，机器一定能把我的丝制成一件美丽的衣服。她向旅行家提出了她的要求。旅行家把丝放在机器里，按了另一个机关，一件美丽的衣服立刻制成了，又轻又软，光彩鲜艳，跟用中国蚕丝织的没有什么两样。乡下姑娘自然快活非常，大家跟她一个样，也嘻嘻哈哈地笑起来。他们只顾唱：

　　　咱们的新生活来到了！

　　　咱们的新生活来到了！

旅行家跟大家讲，要机器做什么，就按哪一个机关。大家都学会了。

需要钢琴的女郎走到机器旁边，一按机关，就得到了一架钢琴。她用钢琴弹了一支优美的曲子。

需要漂亮衣服的少年走到机器旁边，一按机关，就得到了一套漂亮的衣服。他穿上衣服就去游山玩水了。

需要美味的食品的老爷爷，走到机器旁边，一按机关，就得到了一份美味食品，自己去享用了。

需要好玩儿的玩具的小妹妹，走到机器旁边，一按机关，就得到了好些玩具，自己去玩儿了。

随便什么人走到机器旁边，只要按一下机关，都能得

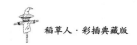

到他们需要的东西。

地球上的人渐渐忘记了换东西用的钱，忘记了收藏东西用的箱子了。

1922 年 1 月 4 日写毕

| 小感悟 |

旅行家的机器，让地球人随时都能得到他们想要的东西，于是没人记得钱和箱子了。这固然是一种美好的幻想，没有金钱，就没有了穷人。但是，金钱并不是一无是处。金钱的出现是为了方便人与人之间进行商品的交换，我们需要正确看待金钱，树立正确的金钱观、财富观，而不是片面地肯定或者否定它。

眼泪

　　在地球上，在太阳、月亮和星星照到的地方，有一个人无休无歇地在寻找一件丢失的东西。他各处地方都找遍了：草根底下，排水沟里，在马路上飞扬的尘土中，从各个方向吹来的风中，他全都找过，但是全都没有他要寻找的东西。他叹息了，比松林的叹息还要悲哀："我要寻找的东西在哪里呢？到底在哪里呢？"

　　快活人听见了，走过来问他："你丢失了珍珠么？为什么在草根底下寻找？你丢失了水银么？为什么在排水沟里寻找？你丢失了贵重的丹砂么？为什么在尘土中寻找？你丢失了异国的香粉么？为什么向风中寻找？"

　　他摇摇头，又叹了一口气说："都不是，我没丢失那些东西。"

　　"那么你一定是个傻子，"快活人满脸堆着笑说，"除了那些东西，还有什么值得寻找的呢？你还是早点儿回家

休息吧，不要为无关紧要的东西白费精神了。"

他回答说："我要找的不是什么无关紧要的东西，跟你所说的那些东西都不能相比。我天天寻找，各处都找遍了，还没找到一点儿踪影。我告诉你吧，我要找的是眼泪！"

快活人听了大笑起来，笑声连续不断，好容易才忍住了对他说："眼泪？为了寻找眼泪，你弄得这样苦恼。我是从来不流眼泪的，也不知道眼泪是从身体的哪个部分流出来的。可是我见过一些痴呆的人，他们的眼眶里曾经流过眼泪。我可以告诉你，他们的眼泪滴在什么地方，好让你到那些地方去寻找。

"你要眼泪，可以到火车站到轮船码头去找。那些地方有许多男的女的老的少的，他们的心好像让什么给压着了。他们互相叮咛，话好像说不完似的，他们梦想每一秒钟都是无穷无尽的永久。他们手紧握着手，胳膊勾住胳膊，嘴唇凑着嘴唇，好像胶在一起，再也不能分开了。忽然'呜呜——'汽笛叫了，叮咛被打断了，梦想被惊醒了，胶在一起的不得不分开了。他们的眼泪就像泉水一般涌出来。我看了觉得非常可笑。你只要到那些地方去找，准能找到他们的眼泪。"

"我要找的不是那种眼泪，"他回答说，"那种爱恋的眼泪既然流了那么多，要找就不难了。如果我要那种眼泪，早就到火车站和轮船码头去了。"

快活人点头说："你不要那种眼泪，那还有，你可以到摇篮里或者母亲的怀里去找。那些婴儿真好玩极了：嫩红的脸蛋儿，淡黄的头发又细又软，乌黑的眼珠闪闪发亮……他们忽然'哇……'哭起来，一会儿又停住了。他们的眼泪虽然不及刚才说的那些人多，想来也可以满足你的要求了。你快去找吧。"

"我要找的也不是那种眼泪，"他回答说，"那种幼稚的眼泪差不多家家都有，没有什么难找的。如果我要那种眼泪，早就到摇篮里和母亲的怀里去找了。"

快活人说："婴儿的，你也不要，还有呢，你可以到戏院的舞台上去找。那里常常演一些悲剧给人们看，都根本没有那回事，编得又不合情理。演到女人死了丈夫，大将兵败自杀，或者男女相爱却不得不分离，演员们以为演到了最悲伤的时刻了，就大声哀号，或者低声啜泣。不管是真是假，他们既然哭了，我想多少总有几滴眼泪吧。你快到那里去找吧。"

"我要的更不是那种眼泪，"他回答说，"那种眼泪不是真诚的，而是虚假的。我要的眼泪，在戏院里是找不着的。"

快活人想不出话说了，睁大眼睛看了他好一会儿才问："你究竟要哪一种眼泪呢？我相信除了我说的，更没

有别的眼泪了。你知道世界上还有别的眼泪吗？"

他回答说："有的，我确实知道世界上还有一种眼泪。那就是我要找的，同情的眼泪！"

快活人觉得奇怪极了，眯着眼睛想了一会儿，摇了摇头说："这不可能，什么'同情的眼泪'，我从来没听说过这个奇怪的名称。我想象不出谁会掉那种眼泪，也想象不出为什么要掉那种眼泪。你既然这样说，能不能把你知道的详详细细地告诉我呢？"

他说："你愿意知道，我自然愿意告诉你。同情的眼泪是为别人的痛苦而掉的，并不因为自己的愿望遭到了破灭；看别人受痛苦就像自己受到痛苦一个样，眼泪就自然而然地掉下来了，并不像婴儿那样无缘无故地啼哭。这种眼泪是十分真挚的，没有一丝一毫的虚情假意。至于谁会掉这种同情的眼泪，我不知道。所以我走遍了各处地方，留心观察所有的人的眼睛，看同情的眼泪到底丢失在哪里了。丢失的东西总可以找到的。所以我到处寻找，如果找到了就捡起来送还给他们。流这种眼泪的人，我相信一定有的，只是我还没遇到，所以我还不能休息，还要不停地寻找。"

快活人听了摇着头说："我真的不明白，谁要是掉这样的眼泪，不是比我告诉你的那些人更痴更呆了吗？人是最最聪明的，绝不会痴呆到那种地步。我不信你的话。"

他很怜悯快活人，轻轻叹了口气，对快活人说："你就是丢失了这种眼泪的人！请你跟我一同去寻找吧，也许碰巧能把你丢失的东西找回来，那该多好呀！"

快活人觉得很不中听，对他说："我从来不掉眼泪，所以从来没丢失过眼泪。对于我来说，眼泪毫无用处。我不愿意跟着你去干这种毫无益处的事儿。再见吧，我要唱歌去了，跳舞去了，我要寻找的是快活！"

快活人转过身去走了，留下一串笑声，笑他愚蠢，笑他固执。

看着快活人越去越远，他又惋惜地叹了一口气，转身向人多的地方走去。

他来到一条马路边上。汽车呜呜地叫着，跑得比风还快。行路的人看前顾后，非常惊惶，只怕被汽车撞到。运煤的大车慢吞吞的，拉车的骡子瘦得只剩下包在骨头上的一层皮，又脏又黑的毛全让汗水给浸湿了。它们好像就要跌倒了，还半闭着眼睛，一步挨一步地向前走。赶车的人脸上沾满了煤屑，眼睛仿佛睁不开似的，只露出红得可怕的嘴唇。人力车夫的胳膊像翅膀一般张开着，双手使劲按住车把，两条腿飞一样地奔跑，脚跟几乎踢着自己的屁股。风刮起一阵阵灰沙，扑向他们的鼻孔里、嘴里。他们呼呼地喘着气，好像拉风箱似的；浑身的汗哪有工夫揩，

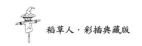
只好由它洒在路上。

他站在路边想，这里应当有同情的眼泪了。他仔细寻找，竟一滴也没找着。看那些行路的人，赶车的人，拉车的人，还有那骡子，他们的眼眶都不像掉过眼泪，甚至不像会掉眼泪似的。他失望了，离开了马路边上。

他来到一座会场门口。成千上万的人挨挨挤挤的，在那里等候一个人。他听旁边有人在谈论那个人的历史：那个人打过几回大仗，指挥他的军队杀死了无数敌兵，草地上、壕沟里，到处都是仰着的趴着的尸体。房屋毁坏了，花园荒废了，学校里没有读书声了，工厂里没有机器声了，因为都遭到了那个人的炮火的轰击。男人们少了胳膊，断了腿；女人们有的伏在丈夫的坟上呼号，有的捧着儿子的照片哭泣：受的都是那个人的恩赐。现在仗打完了，那个人得胜归来，要从这里经过。

他站在门口想，这里应当有同情的眼泪了。正在这时候，那个人到了，所有的脸都现出异常敬慕的表情。大家跳跃起来，仿佛一群青蛙。欢呼的声音如同潮水一般，抛起来的帽子在空中飞舞。所有的人都如醉似狂，把那个人拥进会场。欢迎会就要开始，大家的脸上只有笑，只有兴奋，都不像掉过眼泪，甚至不像会掉眼泪似的。他失望了，离开了会场门口。

他来到一所大工厂里。无数男工女工在这里工作。机器的声音把他们的耳朵都震聋了，机油的气味塞满了他们的鼻孔。他们强打起精神，努力使自己的动作跟上机器的转动。他们的脸又白又瘦，跟死人差不了多少；有的趴在机器旁边，吃自己带来的粗劣的食物。几个女工对着食物发呆，她们正在想孩子留在家里不知哭成什么样儿了，忽然像从梦中惊觉似的，把食物草草吃完，又去做她们的工作。直到黄昏时分，工厂才放工。大街上很热闹，幸福的人正要去寻找各种娱乐。从工厂出来的工人杂在他们中间，显得很不调和。

他跟着工人一路走一路想，这里应当有同情的眼泪了。大街上的人正同河水一样，一个人就像一滴水，加了进去就一同向前流，谁也顾不上谁，彼此并未察觉。他们的眼眶都像一向干涸的枯井，从来不曾掉过眼泪，也很难预料今后会不会掉眼泪。他又失望了，离开了灯火辉煌的大街。

在城市里，他找来找去没找着同情的眼泪，心里又忧愁又烦闷，也就没有了主意，随着两条腿来到了乡间。

有一所草屋，前面一片空地，长着四五棵杨树。明亮的阳光照在杨树上，使绿叶显得格外鲜嫩。这家农户大概有什么喜事，正在准备酒席。一个妇人正在杨树底下宰鸡。竹笼子里关着十来只鸡，妇人从竹笼中取出一只，左手握住鸡的翅膀和冠子，右手拔去它脖子上的羽毛，拿起一把刀就把鸡的脖子割破了。那鸡两只脚挺了挺，想挣脱，可是怎么挣得脱呢？鲜红的血从伤口流出来，流在一个碗里。等血流完，妇人就把它扔在一旁，它略微扭了几扭，就不再动弹了。妇人已经从竹笼中取出了第二只鸡，拔去了脖子上的羽毛。

正在这时候，草屋里冲出一个孩子来，红红的面庞，转动着一双乌黑的眼珠。他跑到妇人身旁，看看地上刚被杀死的鸡，看看竹笼里受惊的鸡，再看妇人手里，那把刀已经挨着鸡的脖子。孩子再也受不了了，一把拉住妇人拿着刀的右手，喉间迸出哭声，眼泪成串地往下掉，就像泉水一个样。

寻找眼泪的人如同得到了宝贝一样，他高声喊起来："我找着了，没想到竟在这里找着了！"他简直不敢相信，以为自己在梦中。可是这明明是真的眼泪，一颗一颗，仿佛明亮的珍珠。他走上前去，捧着双手，凑到孩子的眼睛跟前。不多一会儿，他的双手捧满了珍珠一般的眼泪。

他想："许多人丢失的东西，现在让我给找着了。把这同情的眼泪送还给他们是我的责任。"

他第一个要找的就是快活人，因为快活人不相信自己丢失了这样宝贵的一件东西，所以要先给快活人送去。他还要走遍各处，把这件宝贵的礼物——把同情的眼泪送给所有的人。他大概就要来到读者跟前了，请你们做好准备，受领他的礼物吧。

1922 年 3 月 19 日写毕

| 小感悟 |

同情是人类高贵的品质。看到他人痛苦，就像自己痛苦一样。同情是从心底油然而生的情感，它是真挚而纯粹的，也是世间稀有的。找寻眼泪的人，历经辛苦，只在孩子的眼中找到了。文中那个快活人，从来不流眼泪，即使见过众生疾苦，也丝毫不影响他快乐的心。这样的快活，是漠视他人的快活，是缺乏同情心的冷漠与麻木，也是作者想要批判的。

燕子

　　一丛棠棣花在柳树下开得多美丽呀，仿佛天空的繁星放出闪闪的光。顽皮的风推着，摇着，棠棣花怕羞，轻轻地摆动腰肢。风觉得有趣，推着，摇着，再也不肯罢休。棠棣花的腰肢摆动得真有点儿累了。

　　花丛旁边躺着一只可怜的小东西。他张开嫩黄的小嘴，等待妈妈爱抚的亲吻。可是妈妈在哪里呢？他悲哀地叫着。他的蓝色的羽毛闪着光，项颈前围着红色的围巾，真是个美丽的小东西。他背部的羽毛沾着些儿血，原来他受伤了。

　　清早醒来，他唱罢了晨歌，亲过了妈妈的嘴，笑着对妈妈说："我要去看看春天的景致，听邻家的哥哥姐姐们的歌唱。妈妈，让我出去玩一会儿吧。"

　　妈妈答应了，亲着他的嫩黄的嘴说："好好儿去吧，我的宝贝。"

　　他于是离开了家，到处游逛。他听到泉水在细语，看到杜鹃花在浅笑；在幽静的小山上，他唱了几支歌；在清澈的小溪边，他洗了一回澡。他觉得累了，想休息一会儿，就停在柳树的枝杈上。

不知道什么地方飞来一颗泥弹，正打中了他的背。他一阵痛，就从柳树上掉下来，躺在棠棣花旁边。他用小嘴修剔背上的羽毛，沾着湿漉漉的什么东西，一看，红的，这不是血么！他觉得痛得受不了了，就哀哭一般地叫起来："妈妈，你在哪里呀？你的宝贝受伤了！妈妈，你在哪里呀！"

但是，妈妈哪里听得见呢？

柳树听见他哀叫，安慰他说："可怜的小东西，你吃苦了。你的妈妈在哪里？可惜我的手臂够不着你，不能扶你起来。"

池塘里的水听见他哀叫，安慰他说："可怜的小朋友，你吃苦了。你的妈妈在哪里？可惜我不得自由，不能到岸上把你背上的血洗去。"

蜜蜂飞过，听见他哀叫，安慰他说："可怜的小朋友，你吃苦了。你的妈妈在哪里？可惜我的翅膀太单薄，不能抱着你把你送回家去。"

棠棣花早就听到他在哀叫，而且听得最真切，因为贴近他的身旁。她十分可怜他，甜蜜地安慰他说："美丽的小东西，妈妈总会来的，不要哭。你可以在我这里休息一会儿，我盖着你，保护你。你好好儿休息吧。"

听了许多安慰他的话，他似乎痛得轻了些。他心里想："他们多么关心我呀。可是妈妈在等我呢，我不回去，妈妈一定着急了。"

这一天，青子正好放假。她来到野外，采了些野花，预备送给她的小朋友玉儿。她穿着湖色的衫子，两条小胳膊露在外面，又细又软的头发披在肩上，时时被风吹得飘起来。看她的步子这样轻松，就知道她心里装满了快乐。

她手里已经有了红的花和白的花，待看到粉红的棠棣花，她也想采一点儿。正要采的时候，一声哀苦的叫唤使她住了手，原来一只可爱的小燕子躺在那里。啊，闪着光的羽毛上沾着血呢！

她放下手中的花，把小燕子捧了起来；取出雪白的手绢给他擦去背上的血。她轻轻地抚摩着他的羽毛，用右颊亲着他，温柔地说："可怜的小宝贝，你吃苦了。是谁欺侮了你？是谁欺侮了你？现在你的痛苦过去了。我给你睡又软和又温暖的床，给你吃又甜又香的食品。我做你的亲爱的伴侣。你跟我回家去吧，小宝贝。"

小燕子睡在她的手掌上，又温暖又软和，感到非常舒适。可是他又叫了，不是为了痛，只是为了想念妈妈。"妈妈，我遇见了一位可爱的小姑娘。她喜欢我，带我到她家里去了。你到她家里来看我吧，我很平安，但是你要马上来呀！"

　　柳树、池塘里的水、蜜蜂、棠棣花全都放心了，一同对小燕子说："青子是一位仁慈的小姑娘。她能体会我们的心愿。你跟她去吧。你的妈妈找到这里来，我们会告诉她的。再会了，幸福的小燕子！"

　　青子把小燕子带到家里，先去告诉了玉儿，顺便把采到的野花送给了她。玉儿听了非常欢喜，说她们俩一定要好好儿调养小燕子，使他恢复活泼可爱的原样儿。她们俩于是有新鲜的事儿干了。

　　青子调了些很好的东西给小燕子吃；玉儿采来柔软的草铺在一个匣子里，做小燕子的巢。小燕子吃饱了，因为才受过伤，有点儿疲倦，昏昏沉沉地想睡了。青子和玉儿看护着他，轻轻地唱着催眠曲："小宝贝睡呀！猫来，打他；狗来，骂他。小宝贝睡呀！"小燕子听着歌声，渐渐地熟睡了。

　　小燕子一觉醒来，只见两个笑脸紧贴着，都在看着他呢。他回想自己受伤以后的事儿，心里说："妈妈，你怎么还不来呢？你一定在找我，我却在这里等你。小姑娘待我很好，她们为什么不把你也接来呢？"他一边想，一边滴下眼泪来了。

　　青子看了觉得很难受，用手绢轻轻地按住自己的眼睛。她说："小宝贝，暂且忍耐一会儿。现在还没法找到你的妈妈。暂时把我这里当作你的家吧，好好儿静养，把你的伤快点儿养好。我们一定想办法寻找你的妈妈。"

小燕子只是掉眼泪。

玉儿对他说："你最喜欢唱歌，一定也喜欢听歌。我唱一支歌给你解闷儿吧。"

玉儿就唱起来：

树上的红从哪里来？

山头的绿从哪里来？

红襟的小宝贝呀，

是你带来了春天的消息。

溪上的绿波从哪里来？

田野的泥香从哪里来？

红襟的小宝贝呀，

是你带来了春天的消息。

醉人的暖风从哪里来？

迷人的烟景从哪里来？

红襟的小宝贝呀，

是你带来了春天的消息。

玉儿唱着，青子和着，歌声格外好听。她们把脸贴着匣子低声问："你该快活了吧？我们的歌声跟你相比，怎么样?"

　　小燕子本来喜欢唱歌, 听她们这样说, 禁不住要试一试。他就唱了起来:

　　　　亲爱的妈妈你在哪里?
　　　　亲爱的妈妈你在哪里?
　　　　你的宝贝在这里呀,
　　　　谁给你传个消息?

　　　　你在山上找我吗?
　　　　你在水边找我吗?
　　　　你的宝贝在这里呀,
　　　　谁给你传个消息?

　　　　我在这里等你呢!
　　　　我在这里等你呢!
　　　　我要睡在你怀里呀,
　　　　谁帮我传个消息?

　　青子忽然拍着玉儿的肩膀说:"想着了, 我们何不在报上登个广告呢?"

　　玉儿马上拿来了铅笔和纸, 嚷嚷说:"我来写, 我来

写。"她就动笔写起来：

> 亲爱的妈妈，孩儿中了一颗泥弹，受了轻微的伤。青子小姑娘留我住在她家里，现在一切都安适。你不要惊慌，一丝儿惊慌也用不着。可是孩儿盼望妈妈立刻来看我。尽你翅膀的力量——但是不要太累了，快来，快来！你亲爱的小宝贝。

青子笑着对小燕子说："玉儿姑娘代你写得很好。明天你妈妈看报，看见了这个广告，一定会尽快飞来接你。现在你可以宽心了。"

小燕子不再掉泪了。青子和玉儿伴着他，给他讲黄金洞里的小女王的故事。晚上点起了灯，她们又在金色的灯光下唱那些神仙们爱唱的歌，直到他进了梦乡。小燕子梦见同他的妈妈去访问竹鸡的家，小竹鸡取出松子来款待他，他好不快活。

第二天上午，小燕子的妈妈急急忙忙飞来了。她一看见她的宝贝，就张开翅膀抱住他说："寻得我的心都碎了！伤在什么地方？我的宝贝……"

小燕子快乐得直流泪。他张开了黄的小嘴，不住地亲他妈妈。他说："妈妈来了，一切都好了！伤口已经结痂，而且丝毫不觉得痛了。"

"你真幸运。"妈妈说，"大家都这样关心你，爱护你。"

小燕子撒娇说："是呀，我遇到的全是好意。要不是大家这样爱护，我的伤不会好得这样快。"

"咱们回家去吧。"妈妈快乐地说。

青子和玉儿掉泪了，她们舍不得小燕子回去，又不忍叫小燕子不要回去。

小燕子安慰她们说："好姑娘，好姑娘，不要哭，我天天来看望你们。我有新鲜的歌，一定来唱给你们听；我有好东西，一定给你们送来。因为你们待我太好了。"

小燕子跟着妈妈回家去了。他每天来看望青子和玉儿，唱一回歌，扑着翅膀跳一回舞。每年春天，他从南方回来，总带些红的、白的珊瑚和美丽的贝壳，送给青子和玉儿玩。

青子和玉儿看见他来了，就拿出当时那个匣子说："你又回来了，这是你的旧居，来歇一歇吧。"

1921 年 11 月 17 日写毕

| 小感悟 |

心存善念，常有善举，也许一个小小的行动就能挽救一条鲜活的生命。

火车头的经历

　　我出身于英国的机器厂，到中国来给中国人服务。我肚子大，工人不断地铲起黑亮的煤块给我吃，我就吃，吃，吃，永远也吃不够。煤块在肚子里渐渐消化，就有一股力量散布到我的全身，我只想往前跑，往前跑，一气跑上几千几万里才觉得畅快。我有八个大轮子，这就是我的脚，又强健，又迅速，什么动物的脚都比不上。我的大轮子只要转这么几转，就是世界上最快的马也要落在背后。我有一只大眼睛，到晚上，哪怕星星、月亮都没有，也能够看清楚前边的道路。我的嗓子尤其好，只要呜——呜——喊几声，道旁边的大树就震动得直摇晃，连头上的云都会像水波一样荡漾起来。

　　我的名字叫机关车。但是不知道为什么，人都不喜欢叫我这个名字，也许是嫌太文雅、太不亲热吧。他们愿意像叫他们的小弟弟小妹妹那样，叫我的小名——火车头。

　　我到中国来的几年，一直在京沪路①上来回跑：从南京到上海，又从上海到南京。这条路上的一切景物，我闭着眼睛都说得出来。宝盖山的山洞，几个城市的各式各样的塔，产螃蟹著名的阳澄湖，矗起许多烟囱的无锡，那些自然不用说了。甚至什么地方有一丛竹子，竹子背后的草屋里住着怎样的一对种田的老夫妻，什么地方有一座小石桥，石桥旁边有哪几条渔船常来撒网打鱼，我也能报告得一点儿没有错儿。我走得太熟了，你想，每天要来回一趟呢。

　　我很喜欢给人服务。我有的是力量，跑得快，要是把力量藏起来不用，死气沉沉地站在一个地方不动，岂不要闷得慌？何况我给服务的那些人又都很可爱呢！他们有上学去的学生，带了粮食蔬菜去销售的农人，还有提着一篮子礼物去看望女儿的老婆婆，捧着一本《旅行指南》去寻访名胜的游历家。他们各有正当的事情，都热烈地欢迎我，我给他们帮点儿忙正是应该的。

　　但是我也有不高兴的时候。不知道什么人发了一道命令，说要我把他单独带着跑一趟。这时候，学生、农人、老婆婆、游历家都不来了，我只能给他一个人服务。给一个人服务，这不是奴隶的生活吗？那个人来了，有好些人

————————
① 指民国时期的京沪铁路，此处的"京"指南京。

护卫着他，都穿着军服，腰上围着子弹带，手里提着手枪。他们这些人自己也并不想到什么地方去，也只是给一个人服务。他们过的正是奴隶生活。这且不去管他。后来打听这"一个人"匆匆忙忙赶这一趟是去干什么，那真是要把人气死，原来他是去访问一个才分别了三天的朋友，嘻嘻哈哈谈了一阵闲天，顺便洗了一个舒服的澡，然后去找一个漂亮的女子，一同上跳舞场去！我为什么要做这样的人的奴隶呢？以后再遇到这样的差遣，我一定回他个不伺候。可恨我的机关握在别人的手里，机关一开，我虽然不愿意跑，也没法子。"毁了自己，也毁了那可恶的人吧！"我这样想，再也没心思看一路的景物。同时，我的喊声也满含着愤怒，像动物园里狮子的吼叫一样。

昨天早上，我在车站上站着，肚子里装了很多煤块，一股力量直散布到八个大轮子，准备开始跑。忽然一大群学生拥到车站上来了，人数有两三千。他们有男的，有女的，都穿着制服。年纪也不一律，大的像是已经三十岁左右，小的只有十三四岁。他们的神气有点儿像——像什么呢？我想起来了，像那年"一·二八"战争时候那些士兵的派头：又勇敢，又沉着，就是一座山在前面崩了，也不会眨一眨眼睛。听他们说话，知道是为国家的急难，要我带他们去向一些人陈述意见。

　　这是理当效劳的呀，我想。为国家的急难，陈述各自的意见，这比上学、销售农产品更加正当、更加紧要，我怎么能不给他们帮点儿忙呢？"来吧，我带你们去，我要比平常跑得更快，让你们早一点儿到达目的地！"我这样想，不由得呜——呜——地喊了几声。

　　这群学生大概领会了我的意思，高高兴兴地跳上放在我背后的那些客车。客车立刻塞满了，后上去的就只得挤在门口，一只脚踩着踏板，一只手拉住栏杆，像什么东西一样挂在那里。他们说："我们并不是去旅行，辛苦一点儿没关系，只要把我们送到就成了。"

　　但是大队的警察随着赶到了。他们分散在各辆客车的旁边，招呼普通的乘客赶快下车，说这趟车不开了。我不知道是什么意思。我正准备着一股新鲜的力量，想给这列车的乘客服务，怎么说这趟车不开了呢？我看那些乘客提着箱子，挟着包裹，非常懊丧的样子，从客车上走下来，我心里真像欠了他们债那样地抱歉。"我每天都情情愿愿给你们服务的，可是今天对不起你们了！"

　　普通乘客走完以后，警察又叫那批学生下车，还是说这趟车不开了。我想，学生因为有非常正当非常紧要的事情，才来坐这趟车的，他们未必肯像普通乘客那样，就带着懊丧的心情回去吧？

　　果然，学生喊出来了："我们不下车！不到目的地，

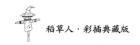

我们决不下车!"声音像潮水一般涌起来。

呜——,我接应他们一声,意思是"我有充足的力量,我愿意把你们送到目的地"!

事情弄僵了。警察虽说是大队,可是没法把两三千学生拉下车来,只好包围着车站,仿佛就要有战事发生似的。这是车站上不常有的景象:一批乘客赶回去了,另一批乘客在车上等,可是车不开。警察如临大敌,个个露着铁青的脸色,像木桩一样栽在那里。我来了这几年,还是头一回看见这景象呢。铁栅栏外边挤满了人,叫印度巡捕赶散了,可是不大一会儿,人又挤满了,都目不转睛地往里看。

后来陆陆续续来了好些人,洋服的,蓝袍青褂的,花白胡子的老头子,戴着金丝眼镜、脸上好像擦了半瓶雪花膏的青年。他们都露出一副尴尬的脸色,跑到客车里去跟学生谈话。我不知道他们谈的是什么,揣想起来,大概跟警察的话一样,无非"车是不开了,你们回去吧"这一套。不然,他们为什么露出一副尴尬的脸色呢?

学生的回答,我却句句听得清楚:"我们不下车!不到目的地,我们决不下车!"声音照旧像潮水一般涌起来。

呜——,每次听到他们喊,我就接应他们一声,意思是"我同情你们,我愿意给你们服务,把你们送到目的地"!

时间过去很久了，要是叫我跑，已经在一千里以外了，但是僵局还没打开。尴尬脸色的人还是陆陆续续地来，上了车，跟学生谈一会儿，下来，脸色显得更尴尬了。风在空中奔驰，呼号，像要跟我比比气势的样子。我哪里怕什么风！只要机关一开，让我出发，一会儿风就得认输。那群学生也不怕什么风，他们靠着车窗眺望，眼睛里像喷出火星。也有些人下了车，在车辆旁边走动，个个雄赳赳的，好像前线上的战士。那群学生都很坚忍，饿了，就啃自己带来的干粮；渴了，就拿童子军用的那种锅煮起水来。车一辈子不开，他们就等一辈子：我看出他们个个有这么一颗坚忍的心。外边围着的警察，站得太久了，铁青的脸变成苍白，有几个打着呵欠，有几个叽咕着什么，大概很久没有烟卷抽，腿都有点儿酸麻了。

我看着这情形真有点儿生气。力量是我的，我愿意带着他们去，一点儿也用不着你们，为什么硬要阻止他们去呢！并且我是劳动惯了的，跑两趟，出几身汗，那才全身畅快。像这样站在一个地方不动，连续到十几点钟，不是成了一条懒虫了吗？我不愿意这样，我闷得要命。

我不管旁的，我要出发了！呜——只要我的轮子一转，千军万马也挡不住，更不用说那些尴尬脸色的人和无精打采的警察了；我要出发了！呜——呜——可是轮子没有转。我才感到我的身上有个顶大的缺陷：机关握在别人手里！要是我能够自主，要走就走，要不走就不走，那就早把这群学生送到目的地了，那一回也决不会带着"一个人"去洗澡，去找漂亮女子了。谁来把我的机关转动一下吧！谁来把我的机关转动一下吧！呜——呜——

我的喊声似乎让司机听清楚了，他忽然走过来，用他那熟练的手势把我的机关转动了一下。啊，这才好了，我能够向前跑了，我能够给学生帮忙了！呜——我一口气直冲出去，像飞一样地跑起来。

"我们到底成功了！"学生的喊声像潮水一样涌起来。

狂风还在呼号，可是叫学生的喊声给淹没了。

这时候，雪花飘飘扬扬地飞下来，像拆散了无数野鸭绒的枕头。我是向来不怕冷的，我有个火热的身体，就是冰块掉在上边，也要立刻化成水，何况野鸭绒似的雪花呢。学生也不怕冷，他们从车窗伸出手去，在昏暗的空中捉住些野鸭绒似的雪花，就一齐唱起《雪中行军》的歌来。

铁轨从我的轮子底下滑过，田野、河流、村落、树木在昏暗中旋转。风卷着雪花像扬起满空的灰尘。我急速地跑，跑，用了我的强大的力量，带着这群激昂慷慨的学生，还有他们的热烈的无畏的心，前进，前进……

突然间，司机把我的机关往另一边转动了一下，溜了。我像是被什么力量拉住，往后缩，缩，渐渐就站住了。为什么呢？咻——我懊丧地叹了一口气。我往前看，看见一条宽阔的河流横在前边。河水流着，像是唱着沉闷的歌。哦，原来到这里了，我想。春天秋天的好日子，我常常带着一批旅客来到这里，他们就在河面上划小船比赛，唱歌作乐。但是，现在这群学生并不是这样的旅客，他们个个想着国家的急难，绝对没有作乐的闲心情，为什么要停在这里呢？

学生都诧异起来。"怎么停了？开呀！开呀！要一直开到我们的目的地！"声音像潮水一样涌起来，似乎都在埋怨我。

"亲爱的学生，我是恨不得立刻把你们送到目的地，可是机关叫人给关住了。你们赶快把司机找来，叫他再转动一下。我一定尽我的力量跑，比先前还要快。"我这样想，咻——又懊丧地叹了一口气。

十几个学生跑到我的身边，查看为什么忽然停了。他们发现我的身边没有司机，才明白了，立刻就回去报告给大家。

"把司机找出来！把司机找出来！在这荒凉的野外，他逃不到哪里去！"许多学生这样说，同时就在我背后的各辆车里开始找。椅子底下，厕所里，行李间里，车童收藏贩卖品的箱子里，他们都找了，没找着。继续找，最后把他找出来了，原来躲在厨房间的一个小柜子里，缩作一团，用一块饭巾蒙着头。学生把他拥到我的身边，吩咐他立刻开车。

这时候，我那老朋友的脸色窘极了，眉头皱着，半闭着眼，活像刚被人捉住的小偷。我从来没见他这样过。他平日老是嘻嘻哈哈的，一边开车，一边唱些山歌，现在却像另一个人了。更可怪的是，他站在我火热的身体旁边，还是瑟瑟地抖着，和冰雪天在马路上追着人跑的叫花子一模一样。

"对不起，先生们，我再不能开车了！"大约过了一分钟光景，他才低低地这样回答。

"为什么不能开？"

"我奉有上头的命令。"

"那你先前为什么开呢？"

"也奉的上头的命令。上头的命令叫我开到这里为止，我就只能开到这里。"

"好，原来是这样！可是，现在，不管命令不命令，你给我们开就是了！"学生推的推，拉的拉，有的还把他的手拉过来放到我的机关上。他一个人哪里拗得过许多人，两只手只好哆里哆嗦地按着我的机关，好像碰着一条毒蛇似的。

我想："好了。老朋友，赶快把我的机关转动一下吧！只要一转动，我就能够拼命前进，这群学生就要感激你不尽了。"

但是我那老朋友的两只手仿佛僵了，放在我的机关上，就是不能动。大家看着他，忽然两行眼泪从他的眼眶里流下来。他凄惨地说："我要是再往前开，非被枪毙不可。先生们，我还得养我的家呢！"

啊！太狠毒了！太残酷了！

忽然，有几个高个子的学生慷慨地说："放他走吧！连累他被枪毙，连累他一家人不能活命，这样的事咱们不能干！我们这几个人学的是机械科，练习过开动机关，让我们试试。"

"好极了！我们到底又成功了！"高兴的喊声像潮水一样涌起来。

几个高个子的学生开始转动我的机关。这时候，我那老朋友像老鼠一样，一转身，就不知道到什么地方去了。

铁轨从我的轮子底下滑过，田野、河流、村落、树林在昏暗中旋转。风卷着雪花像扬起满空的灰尘。我急速地跑，跑，用了我的强大的力量，带着这群激昂慷慨的学生，还有他们的热烈的无畏的心，前进，前进……

啊，不好了！我望见前边的铁轨给拆去一大段，再过半分钟跑到那里，不堪设想的祸事就要发生了。我没什么要紧，牺牲了就牺牲了吧。可是这群学生怎么办呢！他们的身体会变成泥土，气概呢，自然也就随着没有了！我怎么能忍心看到这样的惨剧！呜——呜——我怕极了，连声叫喊，可是我自己怎么也停不住。

我正急得要命，一个又高又壮的学生"啊！"地喊了一声，就用极强大的力量很敏捷地把我的机关转过去，我才得以很快地收住脚，等到站稳了，离拆去铁轨的地方只有几尺光景了。我虽然放了心，还不免连连地喘气。

许多学生知道几乎出了险，都下车去看。风雪像尖刀一样刺他们，广大的黑暗密密地围住他们，他们一点儿也不放在心上。他们靠着我的眼睛射出去的光，看清楚拆下去的铁轨并没有放在路线旁边。藏到哪里去了呢？

"把铁轨找出来，像刚才找那司机一个样！"不知道是谁这样喊了一声，许多学生就散开，到路线的两边，像派出去侦察的士兵似的，一会儿弯下身子，一会儿往前快跑，一双双发亮的眼睛滴溜溜地乱转。但是白费力，找了半点钟光景还是没找着。

"在这儿哪！"一声兴奋的喊叫从一条小河旁边传过来。紧接着，许多学生一齐跑到那里去。河面结了冰，几条乌黑的横头像"工"字的东西从底下伸出来，这不是铁轨吗？

"只要有，咱们就有办法！"

"学铁道科的同学们，来呀！来实习，铺铁轨。"

"咱们先把铁轨拉出来！"

"好，把铁轨拉出来！"大家轰地接应一声。

河面的冰打碎了，大部分沉到水底的几条铁轨被陆陆续续拉上来。泥浆的寒气穿透鞋袜，直刺到皮肤里的骨头，可是那些学生仿佛没这回事似的。

是谁障碍了我们的进路，障碍重重！

是谁障碍了我们的进路，障碍重重！

大家莫叹行路难，叹息无用！无用！

我们，我们要，要引发地下埋藏的炸药，

对准了它轰！

轰！轰！轰！

看岭塌山崩，天翻地动！

炸倒了山峰，

大路好开工！

挺起了心胸，

团结不要松！

我们，我们是开路的先锋！

我们，我们是开路的先锋！

轰！轰！轰！

哈哈哈哈！轰！

学生把铁轨从小河旁边抬到路线上，一路唱着《开路先锋》的歌。阵阵的雪花削他们的脸，像钢铁的刀片，阵阵的冷风刺他们的身体，像千条万条箭，可是他们仿佛没这回事似的。

铁轨铺到枕木上以后，才发现道钉也没有了。铁道科的学生气喘吁吁地说："这得找道钉！"

"道钉大概也在小河里，咱们下河去摸！"

学生一个跟着一个跳下去，弯下身子，在河底上摸索。过了很大工夫，一个人报告说："摸着一个！"又过了很大工夫，另一个人报告说："我也摸着一个！"每听到一回报告，大家就回应他一声兴奋的欢呼。

我向来是心肠硬的，不懂得什么叫流泪，可是这群"雪夜的渔夫"太叫我感动了，我的眼睛不由得充满泪水，看东西觉得模模糊糊的。

道钉找齐了，铁道科的学生铺完铁轨，我又带着所有的学生往前跑。这回几个执掌机关的学生不放我跑得太快了，他们靠着我的眼睛射出去的光，老是往前边眺望，防备再有什么危险发生。他们的精细真值得称赞，走不到半点钟，果然发现又有一段路给拆去了铁轨。

我停住，学生又下车去找铁轨，没有。他们商量一会儿，决定拆后边的铁轨去修前边的路。

一群临时路工立刻工作起来。有的拆，有的抬，有的铺，有的钉，钢铁敲击的声音和"哼唷哼唷"的呼唤合成一片。一会儿又唱起《开路先锋》的歌来：

> 炸倒了山峰，
>
> 大路好开工！
>
> 挺起了心胸，
>
> 团结不要松！
>
> 我们，我们是开路的先锋！
>
> 我们，我们是开路的先锋！
>
> 轰！轰！轰！
>
> 哈哈哈哈！轰！

　　天渐渐亮了。雪也停了。在淡青色的晨光里，在耀眼的银世界上，这批临时路工呵欠也不打一个，兴奋地坚强地工作着。我看着他们，不禁想对他们说：

　　"你们能够修路，一切障碍就等于一张枯叶。你们的目的地，我担保能够到达，哪怕在天涯海角。你们的目的地大概不止一处吧？随便哪一处，我都愿意给你们服务，把你们送去。你们的路修到哪里，我就带着你们往哪里飞奔！"

　　一群临时路工好像已经听见我的话，用他们的歌声给我回答：

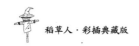
我们，我们是开路的先锋！

我们，我们是开路的先锋！

轰！轰！轰！

哈哈哈哈！轰！

1936 年 2 月 25 日发表

| 小感悟 |

这篇童话，以火车头的视角，描写了它来到中国后的所见所闻。它有的是力气，愿意为人民服务，却无奈地成为滥用权力者的工具。当它遇到为国家谏言的学生们时，才真正感受到了什么是无畏，什么是爱国之情。深受触动的火车头和热血的学生们一起，共同成为开路的先锋。

扫一扫

听经典情节有声演绎

图书在版编目（CIP）数据

稻草人：彩插典藏版 / 叶圣陶著 . -- 长沙：湖南文艺出版社，2022.8

ISBN 978-7-5726-0772-1

Ⅰ．①稻… Ⅱ．①叶… Ⅲ．①童话—作品集—中国—当代 Ⅳ．① I287.7

中国版本图书馆 CIP 数据核字（2022）第 121337 号

上架建议：经典文学

DAOCAOREN：CAICHA DIANCANGBAN
稻草人：彩插典藏版

著　　者：叶圣陶
内文插图：闫宜涛
出 版 人：陈新文
责任编辑：吕苗莉
策划编辑：温宝旭
营销支持：付　佳　杨　朔　付聪颖　周　然
版式设计：利　锐
封面设计：梁秋晨
内文排版：百朗文化
出　　版：湖南文艺出版社
　　　　　　（长沙市雨花区东二环一段 508 号　邮编：410014）
网　　址：www.hnwy.net
印　　刷：北京中科印刷有限公司
经　　销：新华书店
开　　本：835mm × 1120mm　1/32
字　　数：178 千字
印　　张：8.75
插　　页：8
版　　次：2022 年 8 月第 1 版
印　　次：2022 年 8 月第 1 次印刷
书　　号：ISBN 978-7-5726-0772-1
定　　价：39.80 元

若有质量问题，请致电质量监督电话：010-59096394
团购电话：010-59320018